Valerie Springer

Ein paar Tage in einer fremden Stadt

Roman

Lektorat: Johann Auer

Bibliografische Information der Deutschen Nationalbibliothek: Die Deutsche Nationalbibliothek verzeichnet diese Publikation in der Deutschen Nationalbibliografie; detaillierte bibliografische Daten sind im Internet über http://dnb.d-nb.de abrufbar.

Neuauflage des im Jahr 2016 im **Verlag Wortreich** erschienenen Hardcovers:

Entstanden mit Unterstützung des Bundeskanzleramts Österreich KUNST und der Kulturabteilung der Stadt Wien.

BUNDESKANZLERAMT ÖSTERREICH
KUNST

WIEN KULTUR

"Auch wenn das Gedächtnis trügt und sämtliche Erinnerungen täuschen, muss es doch, trotz alledem, sogar in den Lügen einen Rest von Wahrheit geben, der den Irrenden und sich im Leben Verirrenden Halt gewährt."

Eberhard Straub

1

»Zu fragen bin ich da, nicht zu antworten.«
Henrik Ibsen

In einem Schlafwagenabteil im Zug von Wien nach Florenz wachte an diesem 16. November zwischen zwei und drei Uhr in der Früh ein Mann auf und wusste nicht genau, wo er war. Er schnupperte am Kissen und an der Decke. Sog den ihn umgebenden Geruch ein. Beugte sich zum Fenster hin, sah in die mondfinstere Nacht, durch die der Zug raste. Beim schwachen Schein der nächtlichen Innenbeleuchtung schrieb er ein paar Zeilen in ein Notizbuch, das er sich ohne bestimmte Absicht oder zu speziellem Zwecke auf dem Bahnhof gekauft hatte. Er notierte etwas, das in ungefähr damit zu tun hatte, nicht mehr zu wissen, wer er war. Er legte das Buch zur Seite und beschloss, darin während seiner Reise Geruchswahrnehmungen zu protokollieren, spezielle Duft-Mischungen oder Gedankenassoziationen, die mit olfaktorischen Eindrücken verbunden waren.

Er schloss die Augen, drehte sich ein paar Mal hin und her, überließ seinen Körper dem Rütteln und Rattern des Zuges. Kurz bevor er einschlief, fragte er sich, warum ihm jetzt, nach so langer Zeit, das Wesen der Gerüche wieder bedeutsam werden könnte.

2

Es war zwanzig Jahre her. Auf den Tag genau. Gab es tatsächlich so etwas wie zufällige Fügungen? Erst als er seinen Espresso bestellt hatte, auf dieser Piazza mitten in dieser ihm fremden Stadt, an diesem kleinen, spiegelnden Tischchen in Florenz sitzend, wurde er sich des Datums bewusst.

Tief sog er den späten Vormittag mit all seinen Duftpartikeln in seine Lungen ein und ließ den Atem langsam aus seinen Nasenlöchern sickern. Er streckte die Beine von sich, verschränkte die Hände hinter seinem Nacken. Die Szenerie um ihn herum war von anmutiger Geschlossenheit. Tauben pickten gurrend Krümel vom Boden auf. Touristenscharen wogten von links nach rechts, von vorne nach hinten und wieder zurück. Klappern von Geschirr und Besteck auf den Tischchen des Cafés, Rufe von Händlern, miteinander wettstreitende Musikstücke aus verschiedenen Lautsprechern, Frauenstimmen, Kindertoben. Mit einem verqueren Staunen stellte er fest, dass er diesem Datum schon seit Längerem keinen allzu bedeutsamen Rang eingeräumt hatte.

3

»Bei der Taufe wird ein hilfloses Kind feierlich mit einem Namen gestraft. Damit er klebt, wird das Kind angefeuchtet.«
Ambrose Gwinnett Bierce

Er hieß Hubertus. Ein Name, den ihm die Eltern, Hans-Herbert und Magdalena Rotten, anlässlich der mit seiner Geburt gleichzeitigen Neueröffnung des *Hubertus, Wild-Spezialitätenrestaurant vom Feinsten* gegeben hatten. Mit leichtem Schaudern erinnerte er sich an die Verspottungen, denen er deswegen während seiner Volksschulzeit ausgesetzt war. Vielleicht, nahm er an, lag es unter anderem auch daran, dass er von Kindheit an das Restaurant gehasst hatte. Und Wild verabscheute. Zumindest als Nahrung.

Er schauderte nicht wirklich bei den Erinnerungen an das Lästern seiner Schulfreunde. Das war schon zu lange her. Es schien ihm absurd, seiner Namensgebung wegen Vorwürfe gegen die Eltern zu hegen. Anstatt gegen den Vater, seiner Schwester Sophia wegen. Anstatt gegen sich selbst. Seine Anklage hatte im Laufe der Zeit an Stofflichkeit verloren. Sie hatte sich, als fühlte sie sich nach zwanzig Jahren fehl am Platze, auf eine unerforschte Insel im Meer seines Unbewussten zurückgezogen. Dort harrte sie der Dinge, langmütig und beinahe anspruchslos.

4

Ein Mädchen, das die Hand in die Hüfte stemmt.

Lucy war anders als die Mädchen, die er aus seiner Klasse kannte. Sie war direkt, flott und sprach herausfordernd Dialekt, wofür sie sich nicht schämte. Die Mädchen in seiner Klasse waren zurückhaltend und sprachen hochdeutsch.

»Na, und du bist der Sohn des Hauses?«, rief sie ihm frech zu, als er an diesem Nachmittag vom Gymnasium nach Hause kam.

Sie stand in der Gaststube an die Schank gelehnt, in adrettem Dirndl, hatte eine Hand in die Hüfte gestemmt.

Er stellte seine Schultasche auf die Sitzbank des Stammtisches und nickte: »Ja, ich heiße Hubertus.«

»Wie das Restaurant?«

»Ja.«

»Ist ja zum Schreien«, sagte sie.

»Und du bist die Neue?«

»Lucy.«

»Hallo Lucy.«

»Hallo Hubertus.«

Er trat näher. Sie gaben einander die Hand. Als er ihre Witterung aufnahm, während seine Handfläche die ihre berührte, wusste er, dass er kein Kind mehr war. Durch ihren Geruch. Durch die Berührung von Haut auf Haut.

5

»A room of one's own.«
Virginia Woolf

Privatsphäre

Der Vater hatte an Lucys erstem Arbeitstag angeordnet, dass sie im Hause wohnen müsse. Die Gründe, die er angab, waren fadenscheinig, vor allem, da er – entgegen seiner Gewohnheit, seine Befehle unbegründet zu geben – überhaupt erklärte, warum das Lehrmädchen ein Zimmer im Hause haben sollte. Um sie vor Überfällen auf dem nächtlichen Heimweg zu schützen. Um ihr ein Zuhause zu bieten. Um zu gewährleisten, dass sie für die Berufsschule lerne.

Mit einem befreundeten Schreiner baute er im Treppenhaus, unten neben der Gaststube, ein Zimmer, wohl eher eine Kammer, fensterlos, jedoch mit dem Nötigsten eingerichtet: Sophias Bett, ihr Nachtkästchen, ihr Kleiderschrank. Sophias Möbel, die Hubertus so innig vertraut waren wie nichts sonst in diesem Hause … diese Möbel, die nun – nach allem, was geschehen war – nicht mehr anderweitig gebraucht werden konnten.

Lucy solle die Toilette der Gaststube zum Waschen benutzen und dürfe einmal pro Woche ins familieneigene Badezimmer im ersten Stock. Von letzterem Anrecht, das kaum mehr als ein dringendes Zugeständnis war, machte sie aber nie Gebrauch. Sie verbrachte das Wochenende so oft wie möglich bei ihren Eltern und Brüdern. Wenn sie am Sonntag spätabends zurück kam, brachte sie Kleinigkeiten mit, um ihr Zimmerchen gemütlich zu machen, eine Tischlampe, einen kleinen Teppich, Bettwäsche, Bilder für die Wände.

Lucys Zimmer war ihr alleiniges Reich. Niemand betrat es. Niemand konnte es betreten. Denn sie sperrte es ab.

»In diesem Haus wird kein Zimmer versperrt«, fauchte Hans-Herbert sie in der Küche an, als er einmal in ihre Kammer hatte eindringen wollen.

Hatte kontrollieren wollen, ob sie aufgeräumt habe und ihr Bett gemacht sei, wie er sagte.

»Meins schon«, sagte sie, »Privatsphäre.«

Sie und Magdalena schnitten Gemüse klein, bereiteten Salate vor, hackten Zwiebeln, Petersilie, Knoblauch. Auf dem Herd kochten in verschiedenen Töpfen Fleischsuppen für Fonds, die Luft war erfüllt vom Küchendunst.

»Meins bleibt versperrt. Immer«, sagte Lucy, legte das Messer auf das Hackbrett, stemmte die Hände in die Hüften und blickte Hans-Herbert herausfordernd an.

»Spiel dich nicht. Spiel nicht mit meiner Gutmütigkeit«, grunzte er drohend.

»Ich spiel mich nicht. Ich arbeite«, antwortete sie, griff nach dem scharfen Messer, hielt es eine Weile, als wollte sie abwägen, was sie damit tun sollte, hackte dann weiter auf die Knoblauchzehen ein.

Magdalena hatte weder aufgeblickt noch zugehört. Sie hatte sich in ihre eigene Welt zurückgezogen, in ihre innere Oase des Nichts, in ihren geistigen Schutzraum, der wie ein schwarzes Loch alles verschluckte, das ihrer Seele zu nahe kam. Leise summte sie eine Schlagermelodie vor sich hin.

Hans-Herberts Blicke, die er über Lucy streifen ließ, waren sie Magdalena entgangen? Hubertus nicht.

6

Von Angstschweiß und Feigheit.

Anfangs hatte Hubertus Dünkel, weil sie ein Lehrmädchen war. Er hasste sich für die Herablassung, die er manchmal spürte, wenn sie ihrer Natürlichkeit ungehemmt nachgab, ihrer Unkompliziertheit freien Lauf ließ.

Und doch war das ihre Rettung.

Und in gewissem Sinne auch seine.

»Lass das, du Arschloch!«

Zwei Monate nach ihrem Arbeitsbeginn hörte er sie aus der Küche kreischen. Die Schwingtür zwischen Küche und Gaststube flog auf, sie stapfte wütend heraus, blickte sich um, ob jemand da wäre, der sie gehört haben könnte. Hastig setzte sie sich zu Hubertus auf die Bank beim Stammtisch. Kurz darauf kam der Vater aus der Küche, ging, ohne sie eines Blickes zu würdigen, an den beiden Jugendlichen vorbei zur Hintertür, die zur Treppe in den oberen Stock führte. Wortlos verließ er die Gaststube.

Hubertus fühlte unkontrollierbaren Zorn in sich aufsteigen, wie schon so oft. Noch hatte er nie den Mut gehabt, dem Vater zu kontern. Er wollte ihm nachrennen, sich ihm erstmals stellen, ihn zur Rede stellen. Stellvertretend für die unzähligen Male, als er zu feige gewesen war, sich zu verteidigen. Die Mutter zu verteidigen. Oder – früher noch – seine Schwester Sophia zu verteidigen, als das noch möglich gewesen wäre.

»Ich habs schon erledigt«, versuchte Lucy ihn zurückzuhalten.

»Ich muss trotzdem. Da gehts um was anderes«, sagte er und ging dem Vater nach.

Während der ersten Stufen der Treppe hielt seine unbändige Wut noch an. Er wusste nicht wirklich, was er tun wollte, was er sagen sollte. Am liebsten hätte er den Vater erschlagen, ihn getötet, ein für alle Mal dieses Haus von dem Tyrannen befreit, der alle Lebewesen als Tiere betrachtete, die er nach Belieben treten und demütigen konnte. Dann blieb er stehen. Seine Knie zitterten. Er konnte kaum atmen. Sein Zorn hatte sich in nackte Angst verwandelt. Jahre später noch durchlebte er diesen Moment, als er zögerte, umzukehren erwog, sich schon halb umgedreht hatte, seiner Feigheit nachgeben wollte. Und sich dann doch entschloss, das zu tun, was er für längst überfällig hielt.

Er betrat das elterliche Wohnzimmer ohne anzuklopfen. Er wusste, dass das an sich schon unerhört war. Er roch den Angstschweiß der Mutter, roch den Jähzorn des Vaters. Die Eltern standen einander in der Mitte des Zimmers gegenüber. Die Mutter geduckt vor Kummer und vor Angst. Der Vater wie ein Riese vor ihr.

»Die muss weg«, sagte der Vater mit hasserfüllter Stimme.

»Sie bleibt«, sagte die Mutter leise, demütig, bittend, flehend.

Der Vater wandte seine Aufmerksamkeit Hubertus zu: »Was willst du hier?«, herrschte er ihn an.

»Nie wieder wirst du ...«, presste Hubertus hervor. Er atmete durch, richtete sich auf, eine unbezähmbare Testosteron-Sturmflut schoss durch seinen pubertierenden

Körper. Er blickte den Vater an, hielt dessen Blick stand, innerlich zitternd, äußerlich fast schon ein junger Mann, nahezu gleich groß wie sein Erzeuger.

»Nie wieder!«, sagte er dann ruhiger und hoffte, dass seine Stimme tatsächlich so fest und bedrohlich klang, wie sie ihm erschien.

»Nie wieder!«, sagte er nochmals, verließ das Wohnzimmer und warf die Tür knallend zu.

Auch dies eine Unerhörtheit, die es in diesem Hause noch nicht gegeben hatte.

Vielleicht hatte Magdalena gehofft, in Lucy so etwas wie eine neue Tochter zu gewinnen. Wie ihre eigene Tochter, die sie nie lieben durfte, die sie nie lieben konnte: Sophia, Hubertus' Schwester. Damals. Vielleicht wollte Magdalena dorthin, wo die niemals aufgegangene Saat der Zuneigung zu einem ihr ausgelieferten Schützling verschüttet lag. Hubertus wusste es nicht. Aber er sah, dass die Mutter dem Mädchen Gefälligkeiten anbot, die sie Sophia nie gewährt hatte. Ab und zu gab sie ihr heimlich ein paar Himbeeren, wenn sie eine frische Lieferung bekam. Gelegentlich steckte sie ihr ein paar Münzen zu. Wenn Hans-Herbert nicht im Hause war, setzte sie sich mit Lucy an den Stammtisch, trank Cappuccino mit ihr, fragte sie, wie es ihr mit dem Lernen in der Berufsschule ginge, wie es ihren Eltern gehe, was ihre Brüder machten.

Die kaum richtig begonnene Annäherung der Wirtin und ihres Lehrmädchens brach mit Hubertus' Widerstandsakt jäh ab. Lucy ging auf Magdalenas unbeholfene Bestechungsversuche nicht mehr ein. Und sie gewöhnte sich ein ruppig-burschikoses Verhalten gegenüber Hans-Herbert an. Der Vater fing an, Lucy zu schikanieren, kritisierte lautstark, wie sie servierte, wie sie Bestellungen aufnahm, wie sie grüßte. Kritisierte, wie sie angezogen war, wie sie sich frisierte. Das Mädchenhafte, Kindliche verschwand in Gegenwart von Hubertus' Eltern aus ihrem Benehmen. Lucy ließ Hans-Herberts Beschimpfungen an sich abprallen, als wären sie ihr egal. Sie hob trotzig den Kopf, blieb weiterhin freundlich-professionell. Und sie arbeitete gut und tüchtig. Ein Grund, sie hinauszuwerfen, bot sich Hans-Herbert nicht, sie erfüllte ihre Pflicht. Lediglich wenn sie mit Hubertus alleine war, kam das unbekümmerte junge Mädchen zum Vorschein, das Lucy tatsächlich war.

»Ich finds nett, dass ich hier jemanden zum Plaudern hab … aber warum kündigst du nicht?«, fragte er sie in der Küche. Später Nachmittag, er hatte seine Hausaufgaben bereits erledigt, lungerte, wie so oft, in der Küche herum und sah ihr einfach nur zu. Wie sie Töpfe wusch. Wie sie Geschirrtücher faltete. Wie sie die Nirosta-Flächen polierte. Wie sie ihren duftenden, jugendlich-dampfenden Körper zwischen Spüle, Herd, Schränken, Kühlschrank hin und her bewegte. Er hatte lange überlegt, wie er ihr sagen sollte, dass er sie mochte. Die Frage über die Kündigung einzubauen, schien ihm ein probates Mittel, dem Gestehen seiner Zuneigung die Schwere zu nehmen.

Sie arbeitete unbeirrt weiter, ließ sich nicht anmerken, ob sie von seinem Geständnis etwas mitbekommen hatte: »Ich hab einen bestehenden Lehrvertrag. Den kann ich nicht so einfach hinschmeißen. Ich hab mich erkundigt. Hab mit meinem Lehrlingsbeauftragten in der Berufsschule gesprochen. Da muss man schon einen handfesten Grund angeben. Und beweisen kann ich ja nichts. Da käme sowas wie eine Verleumdungsklage auf mich zu, wenn ich denen dort was sage. Davon, wie es hier zugeht. Außerdem gibts derzeit keine gescheiten Lehrstellen irgendwo, wo ich hinwill.«

»Ich freu mich, wenn du bleibst«, platzte Hubertus heraus und die Röte schoss ihm ins Gesicht.

Er war froh, dass sie von ihrer Arbeit nicht aufblickte.

»Ich mich auch«, sagte sie nach einer Minute des konzentrierten Nirosta-Polierens, »und ich finds auch nett, dich hier zum Plaudern zu haben.«

7

Eine Packung Gummibärchen.

Die ersten Erinnerungen seiner Kindheit waren die der Gerüche. Die Arme der Mutter, in denen er lag, wenn sie ihm das Fläschchen gab. Frisch gemähtes Gras im Vorgarten, wo er im Kinderwagen lag. Die verschwitzten Hände seiner fünf Jahre älteren Schwester Sophia, die ihn aus dem Gitterbettchen hob. Die bierdunstgeschwängerte, verrauchte Gaststube.

Zu seinem dritten Geburtstag schenkte ihm Sophia eine Packung Gummibärchen. Der Vater nahm sie ihm weg, warf sie wütend in den Abfalleimer: »Sowas essen wir hier nicht!«, herrschte er.

Die Kinder fischten die Packung später aus dem Müll und naschten sie heimlich. Als die Packung zur Hälfte geleert war, konnte er mit geschlossenen Augen die verschiedenfarbigen Bärchen nach ihrem Duft unterscheiden.

Später dann benannte er, ohne hinzusehen, das frisch gelieferte, blutigwarme Fleisch in der Küche nur anhand des Geruchs als Reh, Hirsch oder Wildschwein, als Hase, Fasan oder Rebhuhn, als Gatter-, Dam-, Schwarz- oder Rotwild.

Die Speisekarte kannte er schon als Volksschüler geruchsauswendig. In der Gaststube saß er auf der Bank am Stammtisch, direkt neben dem Ausgang der Küche, und hielt seinen Kopf über seine Hausaufgaben gebeugt, während er auf den vorbeiziehenden Tellern die Gerichte des *Hubertus* ortete: Wildsuppe, Wildknödel, Charcouterie, Pasteten oder Terrinen, Wildcarpaccio, Hirschragout, Schnitzel, Ossobuco oder den klassischen Rehrücken. Mit Rotkraut, Spätzle, Maronen und Preiselbeersauce.

Er erzählte den Eltern nicht von seiner Geruchsgabe. Niemand wusste davon. Nur seine Schwester. Sein Freund Manfred. Und später dann natürlich Lucy.

8

Er war 40 Jahre und ein paar Monate alt. Vier Jahrzehnte hinter sich. Noch einige Jahrzehnte vor sich, um deren Gestaltung er sich bisher nicht gekümmert hatte. Sterben würde jeder, irgendwann. Ob an Altersschwäche, Krankheit, durch Krieg, Terror, Gewalt … letztendlich war diesem ›Lebensziel‹ in seiner unverrückbaren Unausweichlichkeit nichts entgegenzusetzen. In gewissem Sinne war das ein nicht in Frage zu stellender Richtwert. Die Zeit bis dahin rumzukriegen, schien von Hubertus plötzlich eine Art Positionierungsentscheidung zu fordern. Er kannte die Ausdünstung von Menschen, die im Glücklichsein unglücklich waren. Und die von solchen, die im Unglücklichsein ihr Glück fanden. Jeder hatte sein Lieblingsgefühl, an dem er sich wie an einer Krücke festhalten konnte und mit dieser bevorzugten Lebenseinstellung durch die Jahre und Jahrzehnte humpelte.

Jäh witterte Hubertus in dieser fremden Stadt das Keimen einer diffusen Ahnung. Gerüche längst vergangener Zeiten, so undeutlich wie Luftspiegelungen, forschten nach ihrem Weg durch die verschütteten Stollen seiner Erinnerung. Er fühlte sich, als käme etwas auf ihn zu, das ihn nötigen würde, sein eigenwilliges Vakuum zu verlassen. Ein Vakuum, das er, eingebunden in eine befriedigende berufliche Tätigkeit, annehmlichen Komfort und ein ausgeglichenes Alltagsleben, als durchaus lebensnah, bequem und gefällig betrachtete.

Hubertus, ›Der durch Klugheit Glänzende‹, aus dem Althochdeutschen. Als Wildschutz-Patron aufs schiere Jägerlatein reduziert. Wie gerne wäre er damals der gewesen, der durch Klugheit geglänzt hätte.

Der Hund des Vaters hatte den Namen Hubertus getragen. Das Tier war an Altersschwäche gestorben, einige Zeit vor Hubertus' Geburt. Noch absurder als die Tatsache, wie ein Wild-Spezialitätenrestaurant zu heißen, kam es ihm vor, nach einem toten Hund benannt worden zu sein.

Die ersten zwanzig Jahre seines Lebens auf dieser Erde hatte er im Elternhaus verbracht, in der Enge der dörflichen Gemeinschaft gefangen. Die zweiten zwanzig Jahre hatte er in Wien gelebt. Über die kommenden Jahrzehnte – sollte er sie erleben – war er sich nicht im Klaren. Genauso wenig, wie er nicht ergründen konnte, warum er nicht schon viel früher aus seinem Elternhaus geflüchtet war. Warum er damals so lange gewartet hatte. Bis es zu spät war.

Seit dieser Zugfahrt, seit er in der Nacht aufgewacht war und fast verschämt seine Aufzeichnungen in das Notizbuch gemacht hatte, durchzogen fremdartige Zweifel seine Gedanken, ob denn sein Leben konzeptlos, inhaltslos war. Lebte er einfach nur so dahin? Flüchtiges und Unerklärliches, Vermutungen und Möglichkeiten schlummerten hinter dem Schleier der Gelassenheit, den er sich wie einen Mantel zum Schutz vor eisiger Kälte übergeworfen hatte.

In lange vergangenen Zeiten hatte er vollständig auf seinen Geruchssinn zählen können. Damals hatte er keinen Zweifel daran gehegt, mit dem, was ihm seine Nase sagte, richtig zu liegen. Bis er sich einmal, mit fatalem Ausgang, vertan hatte. Wie gemurmelte Geschichten erschienen ihm die olfaktorischen Spuren, an deren Fährte er sich heften könnte, ließe er es wieder zu. Fast schien ihm der auch nur angedachte Versuch, ihre Geheimnisse zu entdecken, ihre Monologe zu enträtseln, ihr Flüstern zum Klingen zu bringen, einer existenziellen Bedrohung gleich. Und doch sehnte er sich plötzlich danach, seinem Riechen wieder so unverbrüchlich zu vertrauen, wie es in seiner Kindheit für ihn selbstverständlich gewesen war.

Und die anderen Dinge, die in seinem Geist auftauchten und die er sich ab und zu notierte? Was hatte es auf sich mit den Unergründlichkeiten, deren Existenz er erahnte, die aber doch in krausem Gegensatz zum freiwillig gewählten Unverwüstlichen, fast Reizlosen seines Alltagslebens standen? Sie fanden sich als Versatzstücke auf Notizzetteln verteilt, die auf seinem Schreibtisch, in seiner Aktentasche oder in Fachbüchern immer wieder auftauchten. Oder verloren gingen. Oder gar nicht aufgeschrieben wurden.

Er war froh, mit seiner beruflichen Tätigkeit einen Halt, eine einigermaßen zufriedenstellende Linie zu haben, die ihm quasi vor sich selbst eine Existenzberechtigung gab. Fast langweilte ihn sein plötzlich aufgetauchtes Kümmernis. Er war keiner, der klagte oder sich beschwerte. Unversehens war er hier in Florenz, eigentlich schon seit seinem nächtlichen Aufwachen, mit der Suche nach dem Sinn des Lebens konfrontiert worden. Es kam ihm pathetisch vor, wenn er es so formulierte, gleichwohl wollte er sich trotz seiner Abscheu vor jeglichem Pathos mit diesem eigenwillig aufgestiegenen Bereich auseinandersetzen. Er hätte gerne mit der zweiten Hälfte seiner Lebensjahre budgetiert, hätte gern einen Masterplan aufgestellt, um nicht als alter Mann Rechenschaft ablegen zu müssen. Vor einer Instanz, an die er nicht einmal glaubte. Er beanstandete jählings, dass der Mensch in solchen Dimensionen denken sollte.

Er nahm sein Notizbuch, las nochmals seinen ersten Eintrag darin und hielt stichwortartig die Formung der Aromen fest, die ihn auf diesem sonnendurchwirkten Platz umschwappten. Ein Geruchs-Notizbuch? Er betrachtete konsterniert seine Handschrift auf dem Papier, fragte sich, was ihn genötigt hatte, sich wieder dem zu widmen, was er sich so lange schon zu vergessen abgerungen hatte.

Irgendetwas hatte das System zu Bruch gebracht. Etwas ganz Bestimmtes hatte sein System des Vergessens zu Bruch gebracht. Gestern. Ein Prospekt über einen Vortrag. Ein Prospekt, der auf einem Pult in einer Bibliothek gelegen hatte.

9

Er war, soweit das materielle Dinge betraf, durchaus genügsam. Abgesehen von einer gelegentlichen Flasche guten Weins, gutem Essen und einer solide eingerichteten Wohnung pflegte er ein maßvolles Leben. Er arbeitete viel und zuverlässig im Institut, publizierte wenig, aber in regelmäßigen Abständen, erstellte Gutachten, hielt Vorträge, administrierte und hatte in Fachkreisen den Ruf von Aufrichtigkeit und fundierter Kenntnis. Seine Studenten mochten ihn, seine Kollegen schätzten ihn.

Vor ein paar Stunden war sein Nachtzug in Florenz angekommen. Er war ein bisschen durch die Stadt spaziert, seinen kleinen Koffer hinter sich herziehend. Nun saß er auf der Piazza und trank Espresso, einen der besten seit langer Zeit. Neben ihm, auf dem Boden, stand sein Koffer. Er enthielt das Allernotwendigste für ein paar Tage. Die spiegelblanke Platte des kleinen Café-Tischchens reflektierte die unüblich warme, strahlende Sonne dieses Novembertages.

Auf dem Tisch, neben der Espressotasse, lagen seine Zigaretten, sein Notizbuch, der Prospekt des Vortrages, ein Feuerzeug, sein Mobiltelefon. Nach letzterem griff er, schaltete es aus. Er verspürte keine Lust, den Termin, den er jetzt gerade in Wien mit einem Auftraggeber hätte wahrnehmen sollen, abzusagen.

Nachdem er sich eine Zigarette angezündet und den ersten Zug eingesogen hatte, schüttelte er den Kopf, um seine merkwürdigen Gedanken über Sinnsuche, Richtungs-

oder Visionslosigkeit loszuwerden. Blickte einfach nur still und fast mit der Welt zufrieden über die Piazza. Er sah eine junge Frau auf das Café zuschlendern. Ihre Gangart kam ihm bekannt vor, ihre noch entfernte Figur, die Art, wie sie ihren Körper trug, wie sie den Kopf hielt, wie sie einen Fuß vor den anderen setzte, mit nachlässiger Bestimmtheit. Als sie näher gekommen war, vielleicht noch zehn Meter von ihm entfernt, sah er detaillierter. Die Haare, die Kleidung. Die junge Frau kam noch näher, eine Armeslänge von ihm entfernt blieb sie stehen, blickte ihn beiläufig an, betrachtete die Dinge, die er neben seiner Kaffeetasse liegen hatte. Mehrere Tische waren besetzt, einige waren frei. Sie blickte sich um, als zögerte sie, nahm dann an seinem Tischchen Platz. Fast so, als beuge sie sich einer sphärischen Notwendigkeit, die Hubertus auf wundersame Weise beinahe greifbar um sie und ihn herum zu wabern erschien.

»Hier ist doch frei, nicht wahr?! Oder warten Sie auf jemanden?«

»Nein, ich warte auf niemanden. Und: Ja, hier ist frei.«

»Darf ich mir eine Zigarette nehmen?«

Ohne auf die Antwort zu warten, griff sie nach seinem Päckchen, entnahm eine Zigarette.

Als er ihr Feuer gab, nahm er ihren Geruch auf. Und es war, als blickte er in ein Vexierbild einer anderen Dimension, rückwärts in der Zeit gerichtet.

Ihr Geruch.

Ihre Stimme.

Ihre Aussprache.

Ihre unverfrorene Art, ihren österreichischen Dialekt nicht zu verhehlen.

Drei Fragen hatte sie ihm gestellt.

Sonst hatte er noch nichts von ihr gehört.

Sie fragte ihn: »Wer *sind* Sie?«

Er antwortete: »Wer sind *Sie*?«

Und in diesem Moment roch er zum ersten Mal vage, dass er in eine Geschichte hineingeraten war, die sich ihm nicht ohne Weiteres schlüssig offenbaren würde.

Er nahm sein Notizbuch zur Hand, blätterte ein wenig und las der jungen Frau das vor, was er in der Nacht im Zug, als er aufgewacht war, hingekritzelt hatte: »Es duftet. Es duftet so, als ob ich nicht mehr weiß, wer ich bin. Plötzlich, von einer Sekunde zur anderen, stirbt meine Vorstellung davon, wer ich bin. Wovon habe ich geträumt? Jedenfalls von einem Geruch, der Erinnerung an einen Geruch. Wer bin ich? Meine Arbeit? Das, was ich jeden Tag tue? Meine Arbeit ist mein einziger Halt. Ich erkenne, dass darin auch ein gewisses Unvermögen zum Ausdruck kommt, Teil der Realität zu sein, die mich umgibt.«

»Sehr kryptisch«, sagte sie lachend, »aber da kann ich mithalten.«

Sie griff nach ihrer Handtasche, entnahm ihr ein zerfleddertes Quartheft, suchte eine Weile darin herum und las ihm einen Satz vor: »Ich bin die größte Selbstgesprächskünstlerin der Welt.« Sie machte das Heft wieder zu und sagte: »David hat das nie verstanden. Für ihn hat nur gezählt, was sich dinglich manifestiert. Das meine ich übrigens aufwertend. Ich mochte das irgendwie an ihm. Es hat mich zurecht gerückt. Aber ich selbst, ich habe damals, mit ihm, nicht in physischen Lippenbekenntnissen gehandelt. Ich übte mich in einer Art Schweigegelübde. Meine Selbstgespräche waren innere Dialoge, die meist Erklärungen und Rechtfertigungen für mein Tun gegeben haben. Mir selbst, niemand anderem. Und das mir, die ich doch jegliche Rechtfertigung verabscheue. Sind

Rechtfertigungen nicht immer nur dazu da, Recht haben zu wollen und Recht zu bekommen?«

»Dem anderen Unrecht zuzusprechen … sich damit selbst aufzuwerten, indem man den anderen in seinem Unrecht abwertet«, antwortete er.

Der Kellner war an den Tisch getreten, sie bestellte ein Glas Wein.

»Sie auch?«, fragte sie ihn.

»Warum nicht«, stimmte er zu.

»David?«, fragte er.

»Mein Exfreund.«

»Kalliope«, sagte sie. »Ich heiße Kalliope. Mit einem K geschrieben. Nicht mit einem C.«

Kalliope. Die schöne Stimme. Die griechische Muse der epischen Dichtkunst, der Beredsamkeit, der Poesie. Die älteste der neun Töchter von Zeus und Mnemosyne. Richterin im Streit zwischen Persephone und Aphrodite. Auf alten Stichen mit einer Schreibtafel als Attribut abgebildet.

»Und ich schreibe«, sagte Kalliope. »Wenn ich darüber nachdenke, warum Schreiben das ist, was auch Atmen und Wahrnehmen für mich ist … ich komme zu keinem Resultat. Ich weiß nur, dass es so ist. Ich mag es, Sprache entfremdet und als Kunstprodukt festgehalten zu erleben. Das gesprochene Wort im Hochdeutschen war mir nie nah. Für mich ist während der Zeit mit David Sprache eine schriftliche Angelegenheit geworden. Ich habe nur mehr in geschriebenen beziehungsweise aufzuschreibenden Sätzen gedacht.«

Als hätte er die Tür zu einer sphärischen Vergangenheit geöffnet, deren Unmöglichkeit des Vergessens er schon immer erahnt hatte, entglitt ihm das Jetzt. Nebelhaft bemerkte er, dass er sich schon vor Langem selbst entschwunden war, weil er nur gespürt hatte, wie er nie werden wollte. Fast perplex kam ihm zu Bewusstsein, dass er keine Vorstellung mehr davon hatte, wie oder was er sein wollte.

Während der Name Kalliopes durch seine Ganglien geisterte, während er ihren Geruch einatmete, während er sich tastend wieder in der Gegenwart zu orientieren versuchte, erinnerte er sich an seine Kindheit. Und eine Fülle an Bildern, Düften, Gestank, ein Strom von Satzteilen und Wortfetzen, geschrien, gebrüllt oder auch niemals ausgesprochen, schoss durch seinen Kopf. Und er erinnerte sich daran, als er noch klein war und nur das sein wollte, was er schon war: er selbst. Nur groß musste er noch werden. Nur groß.

10

»Die Nacht vor dem Heiligen Abend,
da liegen die Kinder im Traum.
Sie träumen von schönen Sachen
und von dem Weihnachtsbaum.«
Robert Reinick

Hubertus und seine Schwester Sophia, in der Gaststube sitzend.

Weihnachten, spätnachts. Seine Schwester hatte an seine Dachkammertür geklopft. Leise waren die Kinder Hand in Hand die Treppe hinuntergeschlichen, am Schlafzimmer der Eltern vorbei. Sie hörten den Vater schnarchen und die Mutter leise röcheln.

Sophia saß mit angezogenen Beinen auf der Bank am Stammtisch, umklammerte ihre Knie, Hubertus saß neben ihr und starrte in das Flackern der Kerze, die Sophia angezündet hatte. Über ihnen ragte der Zwanzig-Ender mit neun Kilogramm Geweihgewicht. Der grüne Kachelofen strahlte seine Restwärme aus.

Hubertus lehnte sich an die Schulter seiner Schwester, sog ihren Geruch ein. Vermischt mit dem Duft der Kerze und des Weihnachtsbaums, den Magdalena für die Gäste zünftig-ländlich geschmückt hatte, erkannte er, dass sie anders roch als früher, als sie noch nicht in der Pubertät war. Der neue Geruch verwirrte ihn, er wusste nicht, was er bedeutete.

»Wollen wir die Kerzen am Baum anzünden?«, fragte Sophia.

»Das dürfen wir nicht, der Vater sagt, wir fackeln noch das ganze Haus ab«, murmelte Hubertus.

»Wäre nicht schade drum«, sagte Sophia leise.

Sie nahm eine Packung Zigaretten aus der Tasche ihres Schlafmantels und zündete sich eine an der Flamme der Kerze an. Er mochte es, wenn seine Schwester rauchte, trotz seiner Angst vor dem Vater, der sie deswegen geschlagen hatte. Dennoch nahm er sich vor, später auch zu rauchen, aus dem einfachen Grunde, weil es ihn von der Gewalt der Geruchseinflüsse befreite.

»Freust du dich über deine Geschenke?«, fragte seine Schwester.

Die Bescherung hatte am Nachmittag im Wohnzimmer im ersten Stock stattgefunden, gehetzt, um rechtzeitig fürs Restaurant fertig zu werden. Er nickte. Er hätte sich gewünscht, alle Geschenke wild und ungestüm aufzureißen, wie er das im Fernsehen andere Kinder hatte tun sehen. Er hingegen und auch Sophia mussten ihre Geschenke gesittet und anständig auspacken, langsam und bedächtig die Schleifen öffnen, das Geschenkpapier entfernen, zusammenfalten, auf den dafür vorgesehenen Stapel legen.

»Klar freu ich mich«, meinte er.

»Du bist noch ein Kind«, sagte sie.

Sie hatte sich einen Gedichtband von Rilke gewünscht. Stattdessen hatte sie ein Schminkset von der Mutter bekommen und einen schicken Pullover, rosa, mit einem aufgestickten Hirsch und Tannenzweigen.

»Sowas zieh ich im Leben nicht an«, hatte sie gesagt. Der Vater hatte sie geohrfeigt.

»In der Nacht war der Vater bei mir. Bevor er schlafen gegangen ist«, flüsterte Sophia.

»Riecht man doch«, sagte Hubertus. Er sah Sophia an, denn er hatte noch etwas gerochen, etwas Anderes, Beunruhigendes, das er nicht deuten konnte. Etwas, über das er nicht nachdenken wollte. Über das er nicht reden konnte. Nicht einmal mit Sophia.

»Wir müssen hier weg, so bald wie möglich«, sagte seine Schwester.

11

»Ich erinnere mich an viele Diskussionen mit Bohr, die bis spät in die Nacht dauerten und fast in Verzweiflung endeten. Und wenn ich am Ende solcher Diskussionen allein einen Spaziergang im benachbarten Park unternahm, wiederholte ich immer und immer wieder die Frage, ob die Natur wirklich so absurd sein könne, wie sie uns erschien.«
Werner Heisenberg

Wer ich bin, Kalliope?«

»Ja.«

Er hätte gern nachsichtig gelächelt. Die Ehrlichkeit, die aus diesem einsilbigen Wort sprach, war entwaffnend. Er wäre fast der Versuchung erlegen, sie für naiv zu halten.

»Ich könnte Ihnen über mich und Sie könnten mir über sich erzählen. Und wenn wir lang genug zugehört hätten, dann könnten wir zwei einander vielleicht ansatzweise diese schwierigste aller Fragen beantworten: Wer wir sind.«

»Jeder erzählt dem anderen was. Einzelheiten, irgendetwas. Ja, wir spielen eine Art Puzzle«, meinte sie erfreut, »oder sowas wie Tetris. Alles muss sich irgendwie zueinander fügen, und am Schluss hat man ein Ganzes.«

»Beim Puzzle ja«, stimmte er zu, »wenn man genug Geduld hat und alle Stücke vorhanden sind. Bei Tetris geht das nicht, da verliert man immer irgendwann.«

Er sah sein Leben, seine bisher verbrachten Jahrzehnte, plötzlich wie auf einem Computerbildschirm, aufgespalten in herunterfallende Tetris-Blöcke, die er verzweifelt und unter immer größerem Zeitdruck ineinander verschachteln musste. Wenn er es nicht schaffte, würde er verlieren. Würde er sich selbst verlieren, vollständig. Game over. Die Idee des Puzzles gefiel ihm besser, vorausgesetzt, wie gesagt, dass alle Teile vorhanden wären, wie bei einem neu gekauften Spiel, das keine Fabrikationsfehler aufwies.

Und so erzählte er ihr, dass er gestern – ohne zu zögern oder auch nur über diesen Entschluss nachzudenken – einen Koffer mit dem Allernotwendigsten gepackt hätte, zum Bahnhof gefahren wäre und eine Schlafwagenkarte für die Reise hierher gekauft hätte, in eine fremde Stadt, in der er bisher noch nie gewesen war und die ihn, als Stadt, auch gar nicht sonderlich interessierte.

»Na, fast genauso wie ich«, sagte sie und lächelte: »Vielleicht sind wir, beziehungsweise unsere Absichten irgendwie quantenverschränkt.«

Sie griff nach dem Prospekt des Vortrages ›Der Geruch von Tränen. Über den verlorenen Sinn der Nase.‹

»Gehen Sie auch dorthin?«, fragte sie ihn.

»Ja.«

»Cool, ich war einer der Tränenlieferanten. Sie auch?«

»Nein, aber die Resultate der Forschungsreihe interessieren mich. Ich bin Tränenforscher. Also, nicht wirklich, aber ich wäre es gern geworden.«

Hubertus sah ihr an, dass sie ein Grinsen unterdrückte.

»Sie schreiben also?«, fragte er die junge Frau.

»Irgendwie dauernd. Aber das ist nicht mein Beruf. Nur meine Hauptbeschäftigung. Ich studiere Physik. Seit sich die Stringtheorie in meinem Denken als tatsächliches Vorstellungsmodell festgesetzt hat, beginne ich mein Zweifeln an allem zu akzeptieren. Besser gesagt: Ich beginne mein Zweifeln sogar zu mögen. Albert Einsteins

Relativitätstheorie erklärt das großräumige Universum, die Quantenmechanik das Kleinstmögliche unserer Welt. Beide Theorien widersprechen einander so gewaltig, dass sie für Physiker nicht vereinbar waren. Bis die Stringtheorie das Unmögliche geschafft hat: Beide bislang konkurrierende Theorien verbinden sich miteinander, erklären und ergänzen einander. Die Stringtheorie verfügt über ein Erklärungsmodell, wonach Relativitätstheorie und Quantenmechanik, aufeinander angewiesen, eins ohne das andere nicht funktionieren. Das ist eine wissenschaftliche Sensation, die Physikern die Chance bietet, der Weltformel näher zu kommen.«

»Raum und Zeit«, erwiderte er, »haben schon lange keine Gültigkeit mehr. Ich weiß, das hört sich banal an. Aber trotzdem verkörpern sie doch seit Einstein nicht mehr die Rolle der unveränderlichen Bühne, auf der sich alles abspielt.«

»Die Krümmung von Raum und Zeit. Ich weiß schon. Ist ja mein Spezialgebiet, irgendwie. Aber ich mag es nicht sonderlich, in Rätseln zu sprechen.«

»Dabei tut das doch jeder.«

Schweigend trank er sein Glas aus, dachte über dieses rätselhafte Gespräch nach. Winkte dem Kellner, bezahlte auch ihren Wein und stand auf. Vielleicht würden sie einander beim morgigen Vortrag nochmals treffen? Er würde es begrüßen. Sie bat ihn um eine weitere Zigarette, ließ sich Feuer geben. Blieb sitzen, als sie sich voneinander verabschiedeten.

Er zog seinen kleinen Koffer mit den Plastikrollen scheppernd und rumpelnd über das Kopfsteinpflaster der Piazza hinter sich her und spürte, wie sie ihm nachsah, bis er in eine Touristen-Gruppe eintauchte und aus ihrem

Blickfeld verschwand. Er hatte sich nicht nach ihr umgedreht.

In einer kleinen Seitengasse fand er eine Pension. Die Wirtin führte ihn über die engen Treppen in das Dachgeschoss und zeigte ihm zwei freie Zimmer. Das eine, unter schrägem Dach mit einem kleinen Fenster, das Aussicht auf den wolkenlosen Himmel bot, war genau das, was er sich gewünscht hatte. Ein schmales Einzelbett, ein Nachttischchen, eine kleine Kommode mit einem daneben stehenden Stuhl, ein Kleiderständer und ein angrenzendes Bad, das nicht einmal zwei Quadratmeter groß war.

»On top of the world«, sagte er und bezahlte die Dachstube für drei Nächte im Voraus.

Er legte seinen Koffer auf das Bett, öffnete ihn und verteilte seine mitgebrachte Habe im Zimmer. Der Kleiderständer diente ihm als Schrankersatz. Auf das Nachttischchen legte er sein Notizbuch, Zigaretten und Feuerzeug, sah sich nach einem Aschenbecher um, fand keinen. Er trug sein Necessaire ins Badezimmer. Auf dem kleinen Spiegel oberhalb des Waschbeckens platzierte er Zahnbürste, Zahnpasta und Deo, den elektrischen Rasierer schloss er an die Steckdose an, sein Shampoo stellte er auf den Boden der Dusche. Er roch an den weißen Handtüchern, deren sauberer, unparfümierter Geruch ihn befriedigte. Die Seifenschale aus Porzellan nahm er als Aschenbecher mit ins Zimmer.

Er schob seinen leeren Koffer unter das Bett, setzte sich auf den Stuhl neben der Kommode, betrachtete die kleingeblümte Tapete, den Lampenschirm, den Teppichboden. Dann legte er sich aufs Bett, blickte durch das Dachfenster und sah gedankenlos dem Himmel dabei zu, wie er sich der Dämmerung und schließlich der Nacht ergab. Als er spätnachts aufwachte und in die sternenklare Schwärze der Unendlichkeit blickte, dachte er darüber nach, wie es wohl im All röche.

12

Lucy und Hubertus, in einer anderen Dachkammer liegend.

Sie waren am Nachmittag auf dem Standesamt gewesen, hatten ohne Freunde oder Familie den Bund fürs Leben geschlossen, die Trauzeugen waren Fremde, die sie auf der Straße um diese Gefälligkeit gebeten hatten.

Es war tiefste Nacht, sie lagen nebeneinander auf Hubertus' schmalem Bett, in der Dachkammer des elterlichen Hauses. Unter ihnen, im ersten Stock, schliefen die nunmehrigen Schwiegereltern Lucys, die nichts von der Eheschließung wussten. Im Erdgeschoss befand sich das leere *Hubertus*, die Sperrstunde war schon lange vorbei. Die beiden blickten durch das schräge Dachfenster in die sternenklare Schwärze der Unendlichkeit.

»Ich möchte Tränenforscher werden«, sagte er, 20-jährig, zu seiner jungen Frau. Er hielt ihre Hand in seiner, beugte sich zu ihrem Gesicht, sog ihre Tränen vorsichtig in seinen Mund, roch das Salzige und Unbenannte.

Sie lachte schallend, wischte sich übers Gesicht.

»Da wird dich niemand ernst nehmen. Und ich weine vor Glück, du Dummerchen.«

»Niemand wird mich ernst nehmen, wenn du je nochmal Dummerchen zu mir sagst.«

»Tränenforscher. Wie kommst du denn auf sowas?«

Er erklärte ihr, dass ihre Tränen, die des Kummers, der Wut, der Freude, verschiedene Gerüche hätten, und sie bewirkten bei ihm, der der Welt der Gerüche verfallen war, jeweils andere Gefühlsreaktionen.

»Andere Pheromone«, sagte er.

Hatte er von ihrer ersten Begegnung an nur auf ihre Pheromone reagiert? Welche Rolle hatten diese chemischen Lockstoffe bei ihm gespielt? In der Tierwelt waren sie wohl von großer Bedeutung. Aber bis jetzt hatte er trotz seiner Einblicke in die Welt der Gerüche keinen entscheidenden Beweis gefunden, dass auch der Mensch seinem Geruchssinn hilflos ausgeliefert war. Er zweifelte nicht daran, dass der Effekt der Pheromone bei seiner ›Partnerwahl‹ – wie er das Phänomen seiner sofortigen und anhaltenden Zuneigung zu ihr launig nannte – mitgewirkt hatte … aber besinnungslos hinterher gehechelt wie ein Tier war er ihr nie. Von Beginn an war er nur erstaunt, dass es so etwas gab … dass es das Absolute gab.

»Wie riecht mein Bauch?«, fragte sie.

Er schob ihr T-Shirt nach oben, legte seine Wange auf ihren runden Bauch, sog ihren warmen Geruch ein. Strich dann mit der Hand sanft über die Wölbung, ließ seine Handfläche auf ihrer Haut liegen, als wolle er detektorische Strahlen senden und empfangen, Kontakt aufnehmen mit dem, was da wuchs. Er fragte sich, wann auch er das Strampeln spüren könnte.

»Nach Leben«, sagte er, »nach Leben.«

13

»Es gibt Fragen, auf die die Antwort zu geben unmöglich ist. Doch ebenso unmöglich ist es, sie nicht zu stellen.«
Imre Kertész

Er überlegte, warum alles so gekommen war. Er war, gleichwohl damals schon volljährig, dennoch zu jung gewesen, um die Überlegenheit des Einschreitens, des Einsatzes zu kennen. In seinem Inneren war er zu weich, zu heiß, zu brodelnd und zu gleißend gewesen, um zu handeln. Als hätten ihn die Ausläufer der Adoleszenz immer noch in ihren Fängen gehabt, war er in seiner lächelnden, lächerlichen Trance gefangen gewesen, verharrend in Untätigkeit und im Nichtwahrhabenwollen der Tatsache, dass es allerhöchste Zeit gewesen wäre, abzuhauen. Ein ineinander verflochtenes Netzwerk von Umständen hatte dazu geführt, argumentierte er sich selbst gegenüber. Eine verwickelt und verwirrend riechende Verknüpfung von Gründen, Begründungen, die allesamt an den Haaren herbeigezogen waren, genauso wie Münchhausen, der sich an seinen eigenen Haaren aus dem Sumpf herauszog. Das Münchhausen-Trilemma gab ihm nicht wirklich Trost, es machte ihn nur rein theoretisch friedlich.

Es gab in dieser Frage keine absolute Wahrheit.

Es gab keine Antwort, die keine weiteren Fragen offen ließ. Die Unmöglichkeit einer Letztbegründung ließ ihn fast hilflos lächeln … er konnte nur mit den Schultern zucken.

14

»Ich habe herausbekommen, dass alles menschliche Unglück aus einer einzigen Ursache herauskommt, nämlich der, dass man nicht ruhig in seinem Zimmer zu bleiben vermag.«
Blaise Pascal

Warum hatte er das innige Schweigen zwischen ihnen unterbrochen? Anstatt ihre Wärme und Nähe, ihren Duft weiter auszukosten? Warum hatte er gefragt, ob sie mit ihm einen Spaziergang in dieser selten warmen, mondfinsteren Novembernacht, in ihrer ersten Nacht als Ehepaar, machen wollte? Warum hatte Lucy sich nicht an ihn gekuschelt, ihm gesagt, dass es besseres zu tun gäbe, als jetzt in der Dunkelheit nach draußen zu gehen?

Warum hatten sie den Weg nach rechts, auf die Straße zum Hauptplatz, gewählt, anstatt nach links, durch den Garten zum kleinen Park? Warum war sie plötzlich auf dem Gehsteig der Hauptstraße stehen geblieben, hatte ihren Kopf in den Nacken gelegt, den Sternenhimmel betrachtet, die Augen geschlossen und sich mit ausgebreiteten Armen langsam im Kreis gedreht, wie ein Kind, das zur stillen Melodie der Nacht tanzt? Warum hatte er sich an die Hausmauer gelehnt, nur einen halben Meter von ihr entfernt, und ihr einfach nur zugesehen?

Warum hatte er dem, was er gewittert hatte, nicht vertraut? Warum hatten sie das Auto nicht gehört?

Das Münchhausen-Trilemma:

- Man stelle sich die Begründungskette wie ein Bild vor, auf dem man selbst, mit einem Bild von sich selbst in der Hand, zu sehen ist, das wiederum selbst ein Bild von sich selbst, mit einem Bild von sich selbst in der Hand, darstellt … bis in alle Unendlichkeit. Ein klassischer infiniter Regress.
- Man frage sich, warum das Huhn ein Ei lege? Weil es ein Huhn ist. Und warum sei es ein Huhn? Weil es ein Ei legt. Ein klassischer Zirkelschluss.
- Man berufe sich auf die klassische dogmatische Setzung: Es ist so, wie es ist, weil es so ist, wie es ist.

15

»Auch der Zufall ist nur ein auf entfernterem Wege herangekommenes Notwendiges.«
Arthur Schopenhauer

Nach Florenz war er aufgrund eines Prospekts gefahren. Der Prospekt lag mit vielen anderen auf dem Pult der Bibliothek des Instituts für Geruchsforschung. Das Institut war seit den Geschehnissen in jener ersten Nacht seiner nur ein paar Stunden währenden Ehe zu seinem einzigen Zufluchtsort geworden.

»Der Geruch von Tränen. Über den verlorenen Sinn der Nase«, las er mit halblauter Stimme.

Die Bibliothekarin blickte zu ihm auf: »Alle schon vorbei, tut mir leid.«

»Wie bitte?«

»Die Vortragsreihe. Ist schon zu Ende. Der letzte in Wien war gestern.«

»Mist«, sagte er.

Er schwenkte den Bildschirm des Computers, der neben den Prospekten auf dem Pult stand, zu sich und suchte im Internet nach weiteren Vortragsorten. Florenz, in zwei Tagen. Er drehte sich um, ging nach Hause, packte einen kleinen Koffer, fuhr zum Bahnhof und über Nacht mit dem Zug nach Florenz.

16

»Alte Böcke, alte Bäume,
gute Jagd und junge Träume,
Mädchen schlank mit runder Brust,
alles edle Waidmannslust.«
Sprichwort

›Hubertus, Wild-Spezialitätenrestaurant vom Feinsten.‹

Die Wände der Gaststube geschmückt mit ausgestopften Wildschweinköpfen, Gamsbock- und Hirschgeweihen. Die Wandvertäfelung gemütlich-bedrohlich dunkel. Die Wirtsleute rustikal gekleidet, der Wirt Hans-Herbert in Lederhose, die Wirtin Magdalena im Dirndl. Schwere Bierkrüge mit Jagdmotiven. Spitzendeckchen auf den Eichentischen, Trockenblumengestecke darauf. Schmiedeeiserne Aschenbecher-Ungetüme mit röhrenden Hirschen. Das Restaurant gehörte seit fünf Generationen der Familie Rotten. Bestimmte das Familienleben, das Alltagsleben. Den Ruf der Familie.

»Das tut man nicht!«

»Benimm dich!«

»Denk an die Kunden!«

»Grüß auf der Straße! Das sind Gäste von uns. Warum hast du nicht gegrüßt?!«, und wieder eine Ohrfeige des Vaters. Oder ein heimlicher Tritt aufs Schienbein.

»Wir sind jemand«, sagte der Vater.

»Die Rottens sind jemand.«

Jeder war mit jedem verwandt in der dörflichen Gemeinschaft, jeder kannte die Geheimnisse des anderen. Und verschwieg sie. Jede Schandtat war ein öffentliches Geheimnis. Man bewahrte Stillschweigen über die Abgründe der anderen. So wie keiner darüber sprach, dass Hans-Herbert die Mutter schlug, die Kinder schlug. Seine Tochter Sophia mit Blicken betrachtete, die nicht väterlich waren.

Erst später konnte Hubertus enträtseln, warum seine Schwester sich trotz aller Prügel vollgekifft hatte, warum sie nach Indien gereist war und warum dort geschehen war, was geschehen war. Erst sehr viel später – viel zu spät – verstand er es, jene Zeichen zu deuten, die er damals nicht wahrhaben konnte.

17

Magdalena Rotten im Badezimmer.

Magdalena hatte sich nie schützend vor die Kinder gestellt. Die Folgen der wenigen Male, wo sie es als Jungverheiratete gewagt hatte, ihrem Mann zu widersprechen, hatten sie gelehrt, sich besser widerspruchslos dem Diktat von Hans-Herbert zu ergeben.

An der Macht des Mannes zweifelte im gutbürgerlichen Getriebe der dörflichen Gemeinschaft niemand. Nie hatte Hubertus Striemen von der schlagenden Hand des Vaters auf ihrem Gesicht gesehen. Wie denn auch. Hans-Herberts brutale Ausbrüche waren trotz seines Jähzorns durchdacht. Er hinterließ keine Spuren, die für die Gäste im Restaurant sichtbar gewesen wären. Seine Schläge waren geheime, verborgene, nicht erkennbare. Nur im Badezimmer, vor dem Spiegel, wenn Magdalena die Badezimmertür abgeschlossen hatte – ein Sakrileg – betrachtete sie ihre blauen Flecken auf Brust und Rücken und setzte sich weinend auf den Badewannenrand.

»Was machst du da drinnen?«, schrie Hans-Herbert.

»Ich mach mich für die Gäste zurecht, mein Schatz«, zwitscherte sie, die Erwartungen ihres Mannes erfüllend. Weitere Bestrafungen durch ihre Süße verhindernd, so hoffte sie. Sie wusch sich das Gesicht mit kaltem Wasser, zog sich an, schminkte sich. Dezent. Wie ihr Mann es wünschte.

»Wie eine Nutte siehst du aus«, hatte er sie des Öfteren angebrüllt, als sie noch jünger war.

Sie verließ das Badezimmer, ging lächelnd an ihrem Mann vorbei, die Treppe hinunter, und betrat die Gaststube. Hubertus saß am Stammtisch, gerade von der Volksschule nach Hause gekommen. Er stand auf, ging zu ihr, schmiegte sich an die Dirndlschürze der Mutter, roch ihre Tränen. Roch er richtig? Sie lächelte doch? Wie konnte er die wirren Botschaften, die einander widersprachen, deuten?

Er verließ sich auf seine Nase und ließ dennoch das Erkannte nicht in sein Bewusstsein dringen. Das war seine Rettung, sein Überlebensmuster.

18

Wussten Sie, dass Tränen verborgene chemische Signale aussenden?«, eröffnete Dr. Weißmann seinen Vortrag.

Hubertus saß neben Kalliope, die vor dem Eingang der kleinen Akademie auf ihn gewartet hatte. Wortlos und wie selbstverständlich waren sie Hand in Hand in den Saal im ersten Stock gegangen, zur ersten Reihe, wo Kalliope zwei Plätze reserviert hatte.

Forscher hatten in Tränen eine geheime chemische Botschaft entdeckt. Bisher noch unbekannte Pheromone der Tränenflüssigkeit vermindern beim Mann die sexuelle Erregung. Das Besondere dabei: Keiner der Probanden erkannte einen Unterschied, ob er an einer Probe mit Salzwasser oder mit Tränen roch. Verschiedene Messverfahren hatten ein erstaunliches Resultat geliefert: Die Testpersonen, die an Tränenflüssigkeit gerochen hatten, wiesen einen geringeren Testosteron-Spiegel im Speichel auf als die Kontrollgruppe der Salzwasser-Probanden. Erstere beurteilten beliebige Gesichter von Frauen als weniger sexuell attraktiv und gaben auch ein allgemein geringeres sexuelles Interesse an. Sowohl Hirnscans als auch Hautwiderstandsmessungen führten zu denselben Ergebnissen. Die Kontrollgruppe, die an reinem Salzwasser gerochen hatte, wies keine derartigen Veränderungen auf.

Der Vortrag langweilte Hubertus. Als Beweis einer wirklichen Verhaltensänderung, hervorgerufen durch Pheromone, taugten die Resultate von Dr. Weißmann nicht.

Hubertus hatte fachliche Detail-Informationen erwartet. Ob die Signalstoffe tatsächlich Pheromone seien, war nicht eindeutig belegt. Die selbstgefällige Art des Dr. Weißmann irritierte ihn. Er war erstaunt über die Tatsache, dass der ihm durch verschiedene Fachpublikationen bekannte und geschätzte Geruchsforscher auf derart populärwissenschaftliche Auftritte angewiesen zu sein schien. Er hatte Dr. Weißmann bisher nie persönlich kennen gelernt. Nun war er enttäuscht, anstatt eines bescheiden der Wissenschaft ergebenen Fachmannes eine Art Geck auf der Bühne zu sehen.

Er spürte einen unklaren Neid in sich aufsteigen, konnte dem schauspielerischen Talent des Kollegen nichts abgewinnen. Er selbst hatte eine derartige Fähigkeit, vom Podium herab mit der Aufmerksamkeit des Publikums zu jonglieren, nie entwickelt.

Wenn Hubertus Vorträge hielt, so war seine Herangehensweise menschlich und warm, verständnisvoll seinen Studenten gegenüber, liebevoll, ja demutsvoll dem Thema gegenüber. Er wollte persönliches Interesse wecken, die überwältigende Faszination der Materie auf seine Zuhörer übertragen. Jegliche Bühnenshow hielt er für überflüssig … er käme sich vor, als poliere er sein Ego, statt das der Wissenschaft, der Forschung. Er bemerkte die Verachtung, die er plötzlich gegen Dr. Weißmann hegte.

Während des Vortrages fiel Hubertus auf, wie Kalliope immer wieder ihre Handtasche durchwühlte. Sie hatte offenbar ihr Quartheft vergessen. So schrieb sie stattdessen auf die Rückseite von verschiedenen Zettelchen, Eintrittskarten und Tickets, die sie in ihrer Tasche fand. Hubertus versuchte zu entziffern, was sie für festhaltenswert hielt, es gelang ihm nicht.

»Wenn Frauen weinen, hat das also eine erregungsmindernde Wirkung bei Männern, nichts wirklich Neues«, sagte er zu ihr, als sie zu ihm aufblickte, und er meinte dann, dass der Akt des Weinens an sich ohnehin schon optisch und akustisch Hilfsbedürftigkeit und Verletzlichkeit vermittle.

Neu sei, dass das Weinen offenbar eben noch eine Wirkungsverstärkung durch Geruchs-Botenstoffe erführe. Dergestalt würden die Chancen auf Unterstützung erhöht, weinte man in Anwesenheit eines anderen.

Er suchte in seinen Erinnerungen nach Momentaufnahmen, in denen er das Bedürfnis gehabt hätte, seinem aufgewühlten Fühlen mit Tränen zu begegnen. Oder gar Mitgefühl zu erregen. Seit seiner frühesten Kindheit, als er vom Vater gemaßregelt wurde, beschimpft wurde, geohrfeigt wurde, weil Weinen nur Ausdruck egoistischen Selbstmitleides sei, hatte er nicht mehr geweint. Er dachte selten an die Eltern, speziell den Vater duldete er kaum in seinen Gedanken, dennoch fragte er sich, ob es wohl stimmte, was er kürzlich gelesen hatte: dass es tatsächlich einen verschwindend geringen Prozentsatz an Menschen gab, rund ein Prozent der Bevölkerung, die kein Mitgefühl empfinden konnten. Die dazu nicht in der Lage waren. Die, gleich Androiden, in ihrer Gehirn-Software dieses Programm einfach nicht installiert hatten. Er erinnerte sich nicht, wann er das letzte Mal geweint hatte. Er wusste nicht einmal mehr, wie seine eigenen Tränen rochen.

Und plötzlich, heftig und gänzlich unerwartet fiel ihm der gärige Geruch von Sophias unterdrückten Tränen ein. Und der Duft von Lucys feuchten Wangen, als sie auf dem Standesamt vor Freude geweint hatte.

Dieses Mädchen neben ihm, mit ihren ihm ungewöhnlich vertraut erscheinenden Körperausdünstungen, dem gar nicht zu ihr passenden, schweren Parfum und dem Geruchsgewirr, das ihm aus ihrer Handtasche entgegenschlug, hatte in seiner Nase ein Siel geöffnet. Unversehens konnte er sich sogar vorstellen, die ihn umgebende Geruchswelt – der er seit zwanzig Jahren misstraut hatte – wieder in ihrer Gesamtheit zuzulassen und zu dechiffrieren.

Aber nicht nur mit seiner physischen, mitten im Gesicht befindlichen Nase spürte er im Hier und Jetzt das wieder aufkommen, was er versiegelt zu haben glaubte, sondern auch in seinen Erinnerungen. Der Duft dieses Mädchens neben ihm stellte nicht nur einen Schlüssel zur Schatzkammer seines Geruchssinnes dar, sondern auch zu dem seines bislang eingemauerten olfaktorischen Gedächtnisses.

»Kalliope«, hätte er sie gern gefragt, »welche Rolle spielen Sie in diesem bizarren Theaterstück der florentinischen Zufälligkeiten?« Ob sie wohl eine quantentheoretische Formel wüsste, mit der dieses Rätsel zu lösen wäre?

19

Magdalena Rotten und ihr Sohn Hubertus.

Huppsi«, sagte die Mutter in ihr eigenes Spiegelbild. Sie saß vor dem Schminktisch im elterlichen Schlafzimmer, ihr Rücken war Hubertus zugewandt. Sie zog sich die Lippen mit Lippenstift nach, zupfte ihr Haar zurecht. Es war halb zwölf Uhr mittags, in ein paar Minuten musste sie wieder im Restaurant sein, um die Gäste zu begrüßen.

»Huppsi«, sagte die Mutter mit unbeteiligter Stimme, während sie ihren Blick von ihrer Frisur zum Spiegelbild ihres fünfjährigen Sohnes wandte.

»Nicht weinen. Du weißt, der Vater hasst das. Denk an die Gäste.«

Hubertus stand im Türrahmen der geöffneten Schlafzimmertür, auf der Schwelle, er trat nicht ein. Er hielt die eine Hand an der Klinke, mit der anderen hielt er sein aufgeschlagenes Knie, er stand auf einem Bein. Er schwankte leicht, nicht des Schmerzes wegen, nicht des unterdrückten Weinens wegen.

»Ich heiße Hubertus«, sagte er, »nicht Huppsi.«

Magdalena Rotten drehte sich von ihrem Schminktischchen weg, betrachtete ihren Sohn über die Distanz von drei Metern. Sie stand auf, strich ihr Dirndl glatt. Die Korsage saß eng, drückte ein wenig, sie sollte wohl ein paar Kilo abnehmen. Aber als Wirtin des *Hubertus* waren rundliche Formen kein Störfaktor.

»Huppsi«, wollte sie sagen, aber als sie ins Gesicht des Fünfjährigen blickte, schwieg sie. Unbestimmt hatte sie das Gefühl, dass sie zu ihm gehen sollte, ihn in die Arme nehmen sollte. Stattdessen blieb sie stehen. Sie sahen einander nur an, beide mit ihren jeweiligen Gefühlen allein gelassen vom anderen. Sie wussten nicht, wie man mit einer derartigen Situation umging. Er nicht, weil er noch ein Kind war. Sie nicht, weil sie nie ein Kind gewesen war.

Er stellte sein verletztes Bein ab, drehte sich um, die eine Hand immer noch an der Klinke. Vorsichtig zog er die Tür hinter sich zu, als er von der Schwelle ins Vorzimmer trat, um ins Zimmer seiner Schwester zu schleichen, dort auf ihre Rückkehr vom Gymnasium zu warten.

20

Ich heiße Sophia, nicht Sofferl. Ich bin kein Ding, an das man eine Verniedlichungsform anhängt«, hatte seine Schwester gesagt.

»Und ich heiße Hubertus, nicht Huppsi«, hatte er geantwortet. Er hielt es für ein Spiel. Er war fünf Jahre alt, seine Schwester zehn. Sie hatte sich nachts in seine Dachkammer geschlichen, sich unter seine Decke gekuschelt.

»Ich bin kein Ding«, wiederholte sie und hätte gern geweint. Sie schämte sich, genierte sich, ekelte sich.

Wusste – noch – nicht, dass tatsächlich nicht richtig war, was sie als falsch empfand. Sie war – noch – zu jung, um die Schuld dem anderen zuzuweisen. Um über die eigene Unschuld Bescheid zu wissen.

21

»Auf das Unrecht, da folgt das Übel.
Wie die Trän' auf den herben Zwiebel.«
Friedrich Schiller

Wie wird man Tränenforscher?«, fragte Kalliope.

»Gar nicht«, sagte Hubertus, »man wird Geruchsforscher. Weil man sonst ausgelacht wird. Hat man mir gesagt.«

»Stimmt auch irgendwie. Hört sich nach Heulsuse an.«

»Tränenkundler heißen Dakryologen. Das hört sich seriöser an, weniger heulsusig.«

Dennoch war er Geruchsforscher geworden.

»Und wie wird man Tränenspenderin?«, fragte er sie.

»Per Anzeige. Ich habe in der Zeitung eine Annonce gelesen, dass für ein Forschungsprojekt sensible Tränenspender gesucht werden, denen ein rührseliger Spielfilm vorgespielt wird, damit man so richtig zum Weinen kommt.«

»Spielfilme? Das ist in Ordnung. Ich dachte schon, Sie mussten kiloweise Zwiebeln schneiden.«

»Nein, zum Glück nicht. Aber es war schon alles irgendwie absurd. Wir sind also in diesem Vorführzimmer gewesen, haben uns *Titanic* angesehen. Es wurden verschiedene Filme vorgeführt, man konnte sich einen aussuchen. Warum ich mich gerade für *Titanic* entschieden habe, weiß ich nicht, kommt mir nachträglich genauso bizarr vor wie die ganze Situation. Die Tränen haben sie uns mit Pipetten von den Wangen abgesogen. Echt schräg, ehrlich.«

Sie grinste. »Und jetzt kommen mir vielleicht sogar vor Lachen die Tränen, wenn ich dran denk.«

Sie waren aufgestanden und gingen nun mit den anderen Gästen des Vortrages dem Ausgang zu.

»Gehen wir noch auf ein Glas Wein irgendwohin?«, fragte er.

Sie lehnte ab. Man würde sich wieder über den Weg laufen, meinte sie lächelnd und reichte ihm die Hand. Seine Handfläche berührte die ihre, nur kurz. Er blickte in ihre Augen, nur kurz. Ihre Iris graubraun und von unordentlicher Farbgebung. Er wusste nicht, was er sagen sollte, hätte sie gern noch in seiner Nähe gehabt. Hätte gern noch ihrem Geruch nachgespürt. Um dahinter zu kommen, was es mit ihren ganz speziellen Körperausdünstungen auf sich hatte. Sie trug ein Bukett mit sich, das in ihm fast okkultisch etwas lang Vergangenes anklingen ließ.

Hubertus wusste, dass die olfaktorische Essenz jedes einzelnen Menschen so unverwechselbar wie sein Fingerabdruck war. Es war daher schlichtweg unmöglich, dass zwei Menschen auf diesem Planeten denselben Körpergeruch hatten.

Und plötzlich witterte er einen geradewegs unfassbaren Gedanken: Wie ist das, wenn man dem Geruch eines lebendigen Körpers begegnet, der identisch mit dem eines anderen Körpers ist. Eines gewölbten Bauches, der nun jedoch schon lange vermodert unter einem rechteckigen Blumenbeet in Niederösterreich liegt, fragte er sich entgeistert. Und antwortete sich selbst: Genau so.

In der Nacht wachte er schweißgebadet auf. Er hatte geträumt, über einem schwarzen Abgrund zu hängen, den

Tod vor Augen, und einen Namen rufen zu wollen, Lucy. Doch der war ihm nicht eingefallen. Der Name der einzigen Person, die ihn vor dem Absturz retten konnte. Lucy. Warum war ihm ihr Name nicht eingefallen?

Lucy, die eigentlich Fritzi hieß, Friederike hieß. Alfons Hammermeier, ihr Vater, hatte sich einen Buben erhofft, den er, als seine Frau ihm ihre lang ersehnte erste Schwangerschaft verkündete, sofort Fritz nannte. Wie seinen geliebten Bruder, mit dem er gemeinsam den ›Wildbret-Express‹ gegründet hatte: »Das wird mein Friedrich, mein Fritz. Mein Sohn.«

Der Wunsch des Alfons Hammermeier nach einem männlichen Erben blieb nicht unerhört. In den auf Lucys Geburt folgenden vier Jahren gebar ihm seine fruchtbare Frau jedes Jahr einen Sohn. Die fünf Hammermeier-Kinder wuchsen allesamt wie Buben auf. Auch Lucy, die sich, als sie ihre Lehre bei den Rottens begann, nicht mehr Fritzi nennen lassen wollte.

»Ich bin doch kein Bub. Fritzi! Also ehrlich«, hatte sie Hubertus verärgert gesagt. »Ist doch absolut dämlich. Meine Brüder werden sich das nie abgewöhnen, mich so zu nennen. Aber du nennst mich Lucy, ja?!«

So wurde aus Friederike Lukretia Hammermeier ab ihrem Lehrbeginn im *Hubertus* Lucy Hammermeier. Und schließlich Lucy Rotten. Letzteres für weniger als vierundzwanzig Stunden.

Er stand auf, ihm war kalt. Er tastete sich zum Badezimmer, schaltete die Lampe oberhalb des Spiegels ein, sah sich an, ein Gesicht, das er nicht auf Anhieb erkannte. Er stellte sich unter die Dusche, die Temperatur des Wassers gerade noch ertragbar heiß, brennend, fast siedend. Nach ein paar Minuten schmerzte ihn seine Haut. Im

Dampf des Duschwassers hatten sich seine Träume verflüchtigt. Nicht jedoch eine eigenwillig in ihm keimende Beklemmung, etwas vergessen zu haben.

22

»Arbeite klug, nicht hart.«
Dr. Gregory House

Er trocknete sich ab, ging ins Zimmer, schaltete die Deckenbeleuchtung ein und ärgerte sich über den geschmacklosen Rustikal-Lampenschirm. Er zog T-Shirt und Jogginghose an, setzte sich aufs Bett, mit dem Rücken lehnte er an der Wand. Er beugte sich zum Nachttischchen, nahm Notizbuch und Stift und tat, was ihm immer Zuversicht gegeben hatte, wenn er seiner Gedanken abhanden gekommen war: Er begann zu arbeiten. Er schrieb auf die letzten Seiten des Büchleins, hatte es verkehrt herum, von der Rückseite beginnend, aufgeschlagen, sodass er die Blätter herausreißen konnte. Die Vorderseite wollte er ausschließlich zum Protokollieren seiner Geruchsempfindungen nutzen.

Aus dem Stegreif verfasste er einen Bericht über seine Fortschritte bezüglich der Anwendung von Insekten-Pheromonen für den Pflanzenschutz. Den Bericht hatte er zu Hause in Wien schreiben wollen, in der Nacht, die er dann im Zug nach Florenz verbracht hatte. Er war für den Auftraggeber gedacht, den er heute versetzt hatte.

Er verließ sich auf seine Fähigkeit, Berichte ohne jegliche Unterlagen oder andere Hilfsmittel zu schreiben. In seinem Kopf waren alle Fakten gespeichert, die er nur, wie bei einem Puzzle, in geeigneter Form miteinander verknüpfen musste. Sein Gedächtnis für im normalen Alltagsleben vollkommen nutzlose wissenschaftliche Fakten war enorm. Im Gegensatz dazu hatte er nur mehr schattenhafte Erinnerungen an Lucy. Und gelegentlich wurde er praktischer Dinge nicht habhaft; so wusste er zum Beispiel nicht, was er vergessen haben könnte, an diesem Tag.

»Eine Art Puzzle. Oder sowas wie Tetris«, wiederholte er Kalliopes Worte. Er schüttelte den Kopf, zwang sich zu vergessen, dass er etwas vergessen haben könnte und wandte sich seinem Bericht zu. Er schrieb über den Einsatz von Lockstoff-Fallen zur Bekämpfung von Borkenkäfern, die durch Einbohrung von Aggregationspheromonen in Fangbäume vom Befallen der Nutzbäume abgelenkt würden und stattdessen den präparierten Baum befielen. Diese Erstbefalls-Borkenkäfer würden ihre eigenen Aggregationspheromone ausschütten und so weitere Artgenossen an diesen scheinbar sicheren Ort locken. Sobald Larvengänge sichtbar würden, könne die Baumrinde entfernt werden und die Puppen und Larven würden vertrocknen. Im Großen und Ganzen berief er sich auf seine Überzeugung, dass der Einsatz von Pheromonen für den Pflanzenschutz die umweltschonendste Methode für die Regelung der Populationsdynamik von Insektenvölkern darstelle. Als Abschluss wollte er seine Überzeugung mit verschiedenen Messverfahren und Forschungsergebnissen belegen, die er als Anhang hinzufügen würde. Er stellte eine diesbezügliche Liste auf, sah, dass der Morgen schon graute und schlief daraufhin sofort ein.

Beim späten Kaffee im Frühstücksraum der Pension – das Frühstück selbst hatte er verschlafen – entschloss er sich für einen Touristen-Spaziergang. Er wollte die Gelegenheit nutzen, die ihm fremde Stadt Florenz doch noch zu erkunden. Den Bericht nahm er mit. Wollte ihn in einem Internet-Café an seinen Auftraggeber schicken. Wie immer in Momenten, in denen er sein von ihm so bezeichnetes Überlebenssystem ins Wanken geraten sah, wollte er sich auf seinen Beruf verlassen, sich an der Leine der Beschäftigung festhalten, sich an ihr weiter hangeln. Doch heute funktionierte es nicht so, wie er das immer gemocht hatte. Wie er es immer getan hatte.

Irgendetwas hatte sein System zu Bruch gebracht.

Sein System des Vergessens.

Absurd dabei erschien ihm das altbekannte Phänomen, dass er sich an das erinnerte, was er vergessen wollte und sich nicht erinnerte, was er vergessen hatte.

Von der Pension spazierte er ohne Absichten oder Plan los, als wäre er einer der vielen Touristen, die die Stadt durchkämmten. Allesamt waren sie gerüstet mit Sonnenhütchen, Film- und Fotokameras, Smartphones, geführt von routiniert ihren Text abspulenden Fremdenführern. Er wollte, konnte nicht einer von diesen Touristen sein, hatte die Welt nie eingeteilt in Sehenswürdigkeiten oder Sehens-Unwürdigkeiten. Seine ihm plötzlich körperlich spürbare Geringschätzung gegenüber den durch die Stadt schwärmenden Reisegruppen versetzte ihn in Erstaunen. Wie so oft, wenn er seiner eigenen Abgründe gewahr wurde, stellte sich ein Anflug von Demut in ihm ein, dem Menschlichen gegenüber, das er selbst sich so oft zu verweigern angewöhnt hatte.

Als er an der Akademie vorbeikam, in der am vorherigen Tag der Tränenvortrag stattgefunden hatte, blieb er stehen, betrachtete das kleine aparte Gebäude, fragte sich, was ihn hierher geführt hatte. Und plötzlich fiel es ihm ein:

Kalliope. Er hatte sie nicht nach ihrer Adresse oder Telefonnummer gefragt. Er hatte es schlichtweg vergessen. Er hatte nicht die geringste Ahnung, wer sie war oder wo sie wohnte. Der weitere Kontakt mit ihr, sollte er den, aus welchen Gründen auch immer, haben wollen, blieb damit ein kaum zu verwirklichender Wunschtraum.

23

»Wie es Leute gibt, die Bücher wirklich studieren und andere, die sie nur durchblättern, gibt es Reisende, die es mit den Ländern ebenso machen: Sie studieren sie nicht, sie blättern sie nur durch.«
Ferdinando Galiani

Er suchte das nächstgelegene Internet-Café auf, tippte seinen handschriftlichen Bericht von den herausgerissenen Blättern seines Buches ab und schickte ihn an seinen Auftraggeber. Dann googelte er den Namen Kalliope, gab die Städte mit Universitäten ein, in denen in Österreich Physik studiert werden konnte … er fand nichts. Keine Kalliope.

So googelte er die zehn wichtigsten Sehenswürdigkeiten in Florenz:

- die viertgrößte Kirche Europas, die Kathedrale Santa Maria del Fiore
- den Palazzo Vecchio als Machtzentrale des 14. Jahrhunderts
- die Piazza della Signoria, angrenzend an den Palazzo Vecchio
- den höchsten Punkt der Stadt, die Basilika San Miniato al Monte
- eine der ältesten Segmentbogenbrücken der Welt, die Ponte Vecchio
- den Palazzo Pitti als eines der größten Gebäude in Florenz

- den neben dem Palast liegenden Giardino di Boboli
- die Basilica di San Lorenzo aus dem 4. Jahrhundert
- die Piazzale Michelangelo

Er verließ das Internetcafé, nahm sich ein Taxi und hakte die von ihm ausgewählten Besichtigungspunkte ab. Ganz gegen seine Gewohnheit, sich im gemächlichen langen Spaziergang wieder seiner selbst gewahr zu werden, machte er es sich im Fond des Wagens bequem, öffnete das Fenster, ließ die Gerüche der Stadt ins Innere dringen. Schnupperte, machte sich Geruchs-Notizen.

Vom Piazzale Michelangelo aus, dem Abschlusspunkt seiner Tour – die er im Stillen Blitzbesichtigungsmarathon nannte –, genoss er den Panoramablick über die Stadt und ihre Umgebung. Ließ den Taxifahrer warten, ging zu einer Stelle, die ihm ein kurzes Alleinsein gewährte. Setzte sich auf einen Mauervorsprung, zündete sich eine Zigarette an und fand durchaus Gefallen an dem kurzen Moment des theatralischen Nichts und Nichtdenkens, während er den Horizont betrachtete und der untergehenden Sonne nachschnupperte, die sich von ihm in ihrer so überraschenden Herbstwärme verabschiedete.

Er hieß den Taxifahrer zu der kleinen Gasse zu fahren, in der sich die Akademie befand, verabschiedete sich in seinem gar nicht so schlechten Italienisch und stand dann einfach nur vor der Akademie, unschlüssig, was er hier eigentlich wollte.

Der Geruch der Dämmerung, die sich durch die alte Stadt ausbreitete, besänftigte ihn. Er öffnete die schwere

Holztür, betrat den Vorraum. In einer kleinen Kammer mit Glasfront saß ein älterer Mann, wohl der Hausmeister oder Kassier für die Eintrittskarten, las in einer Zeitung. Hubertus ging zu ihm, klopfte an die Scheibe. Fragte ihn, ob er nochmals in den Vortragsraum könne. Er gab keine Erklärung, warum er das wollte. Er wusste es selbst nicht.

Der alte Mann kam aus seinem Verschlag, überschwemmte Hubertus mit einem italienischen Wort-Sturzbach und dem Mundgeruch von Salami-Ciabatta, hielt dann inne. Betrachtete Hubertus von unten herauf, er war kleiner als er.

Hubertus war großgewachsen, hatte die Statur des Vaters geerbt, hatte dessen Körperhaltung und Bewegungen, die auf den ersten Blick meinen ließen, er sei – wie der Vater – ein Mensch, der keinen Widerspruch duldete. Es war einer der seltenen Momente, in denen Hubertus froh war, so auszusehen, wie er aussah. Denn Erklärungen schienen sich zu erübrigen, der Hausmeister nickte ihm mit einer teils verärgerten, teils fatalistischen Kopfbewegung, ihm zu folgen, und ging ihm voran in Richtung des Vortragsraums, den er für Hubertus aufsperrte, ihm die Tür aufhielt und ihn mit einer weiteren schwungvollen Kopfbewegung einzutreten bat. Dann, als hätte er die Autorität dieses seltsamen frühabendlichen Besuchers akzeptiert, ließ er einen fast um Verzeihung bittenden Wortschwall über Hubertus nieder. Hubertus, dessen Italienisch wie gesagt nicht allzu schlecht war, entnahm dem entschuldigend Gesagten, dass noch nicht aufgeräumt worden war, dass also alles noch so unordentlich war wie am Vortag.

Hubertus betrat den Raum, ging an den Sitzreihen vorbei zur ersten Reihe, wo er neben Kalliope gesessen hatte. Er wunderte sich über das Chaos, das ein zweistündiger

Tränenvortrag in einem Raum bewirken konnte. Auf dem Boden, zwischen den Sitzreihen, lagen gebrauchte Papiertaschentücher, leere Take-Away-Kaffeebecher, Zettelchen, ein vergessener Regenschirm, eine fast volle Halbliter-Wasserflasche.

Er setzte sich auf seinen gestrigen Stuhl und sah zum Podium hinauf. Mikrofon und Pult waren noch in derselben Position wie am Vortag. Er schloss die Augen, vergegenwärtigte sich die Stimme von Dr. Weißmann, das Geräusch der hinter ihm scharrenden und flüsternden anderen Zuhörer, Kalliope neben ihm. Sog den Geruch des nun leeren Raumes ein, versuchte das Kunststück des olfaktorischen Erinnerns an den Moment, während sie neben ihm gesessen hatte, ihre Handtasche nach ihrem Quartheft durchwühlt hatte, als er dem Duft ihres Körpers, ihres für seinen Geschmack ein wenig zu aufdringlichen Parfums, ihrer geöffneten Handtasche, dem sich darin befindlichen Durcheinander nachgeforscht hatte.

Er öffnete die Augen, blickte auf den Boden, unter ihren Stuhl. Hob drei Zettelchen auf, die ihr offensichtlich aus ihrer Tasche gerutscht waren. Auf dem ersten Papier hatte sie ein Zitat von Albert Einstein notiert: »Menschen, die wie wir an die Physik glauben, wissen, dass die Unterscheidung zwischen Vergangenheit, Gegenwart und Zukunft nur eine besonders hartnäckige Illusion ist.«

Das zweite gab ein Zitat von David Bohm wieder: »Es kann bedeuten, dass alles im Universum in einer Art totalem Rapport miteinander steht, so dass alles Geschehen zu allem anderen in Beziehung steht; es kann auch bedeuten, dass es Informationsformen gibt, die schneller als das Licht reisen können; oder es kann bedeuten, dass unsere Vorstellungen von Raum und Zeit in einer Weise geändert werden müssen, die wir noch nicht begreifen.«

Das dritte Zettelchen war eine zusammengeknüllte Visitenkarte: David Kramer, Designer. Mit einer österreichischen Mobiltelefonnummer.

Hubertus hob die Karte zu seiner Nase, schnüffelte an ihr und fühlte sich bei den Geräuschen, die er dabei machte, wie ein Frettchen. Was er roch, war ein Geruchsgemisch, das er am ehesten mit den Worten ›wütendes Zerknüllen einer nicht mehr gültigen Episode‹ beschreiben würde. Hätte er sein Notizbuch zur Hand gehabt, wäre er detaillierter vorgegangen. Er nahm sich vor, das bei seiner Rückkehr ins Hotel nachzuholen und die Zusätze ›Trauer über vergeudete Energie‹ und ›Freude über alle Erfahrungen‹ hinzuzufügen.

24

»Wer von der Quantentheorie nicht schockiert ist,
hat sie nicht verstanden.«
Niels Bohr

- Vergangenheit, Gegenwart und Zukunft sind hartnäckige Illusionen.
- Alles im Universum steht in totalem Rapport miteinander.

Während er saß und die Zitate mehrmals las, empfand er eine Ahnung, als hätte er einen gut getarnten Hinweis bekommen. Ein Rätsel, bestehend aus handschriftlichen Buchstaben, zerknittertem Papier und Kalliopes Geruchschaos, der den Zettelchen anhaftete. Ein Orakel jenseits von Wissenschaft und Forschung, jenseits von Quanten und Pheromonen, jenseits der geographischen Koordinaten von Florenz oder Wien.

Plötzlich kam ihm sein Handeln frevelhaft vor, diese Zeugnisse Kalliopes – einer jungen Frau, die er kaum kannte, die sich mit den Rätseln der Welt beschäftigte, die einen seltsam vertrauten Geruch verströmte, die Stimme und Sprache einer vergangenen Zeit mit sich trug – zu lesen. Er hatte eine Sphäre penetriert, die nur ihr zu gehören schien. Gleichwohl war er keinesfalls gewillt, dieser Spur nicht nachzugehen. Eine Schnitzeljagd? Wieso nicht.

In die Pension zurückgekehrt, während er duschte und sich fürs Abendessen umzog, haderte er ein wenig mit seinem kindischen Entschluss, sein Mobiltelefon ausgeschaltet zu lassen. Er hätte gern umgehend diesen Designer, David Kramer, angerufen, hätte ihn gern gleich gefragt, ob er eine Kalliope kenne. Nun, sein Telefon blieb abgeschaltet, er wollte keine Anrufe aus dem Institut bekommen, wollte nicht erklären, warum er nicht an seinem Arbeitsplatz erschienen war. Wollte, was ihn erstaunte, nicht einmal mit Susanna sprechen, die ihn vielleicht fragen würde, wo er wäre, warum er ihr wöchentliches Treffen verpasst habe. Er wollte keine Störungen aus seiner normalen Alltagswelt, die mit diesem außer der Norm stehenden Aufenthalt in einer fremden Stadt nichts zu tun hatten.

Frühmorgens am nächsten Tag fuhr er nach Hause. Vor der Zugfahrt hatte er am Bahnhof ein paar Zeitschriften gekauft, die er jedoch während der Fahrt ungelesen auf seinem Schoß, schließlich auf dem leeren Nachbarsitz liegen ließ. Statt zu lesen, sah er zum Fenster hinaus, auf die vorbeiziehenden Städte, Landschaften, Dörfer, Straßen. Hin und wieder schrieb er ein paar Geruchskombinationen auf, die ihm aufgefallen waren. Wenn der Zug in einer Station hielt, beobachtete er ankommende oder abfahrende Reisende, Abholer, Verabschieder, Grüßer, Küsser, Winker. Die rastlose, hektische Betriebsamkeit auf den Bahnhöfen erzeugte in ihm einen Zustand langmütiger Beruhigung.

Er dachte an seinen Alltag, aus dem er sich nach Florenz weggeschlichen hatte und in den er nun zurückkehren würde. Dachte an das Institut, an Projekte, die er begonnen hatte und die er zu Ende führen würde. Dachte an Manfred, mit dem er wieder ausgedehnt skypen würde.

Und er dachte an Susanna; er würde sich an einem der folgenden Abende wieder mit ihr zum Essen treffen. Seine Wohnung wartete auf ihn, pflanzen- und haustierlos, dennoch nicht ungemütlich oder kühl. Er fühlte sich wohl in seinem Zweizimmer-Appartement, das eine Stunde zu Fuß vom Institut entfernt lag. Er freute sich auf die morgendlichen Spaziergänge zum Institut und die abendlichen zurück nach Hause. Er freute sich auf seine Couch im Wohnzimmer, freute sich darauf, ein Glas Wein zu trinken und den Abend zu genießen. Vielleicht würde er die Dissertation lesen, die einer seiner Studenten darüber geschrieben hatte, inwiefern Gerüche sich non-verbal darstellten und inwieweit es Indizien dafür gäbe, ob die rechte Gehirnhemisphäre bei der Geruchsverarbeitung dominant sei.

Doch plötzlich kippte seine Entspanntheit, machte einem neuen Gedanken Platz: Befand er sich gar in einer Sinnkrise? Einer so genannten Midlife-Crisis?

Manfred – Hubertus' Studienkollege und bester Freund seiner Jugend, mit seiner Frau und zwei Kindern vor mehreren Jahren nach Deutschland umgezogen – hatte Affären. Junge Laborassistentinnen, Studentinnen, Kolleginnen. Viril und nicht im mindesten an eine Midlife-Crisis denkend, hatte Manfred ihm bei seinem letzten Besuch in Wien gesagt, dass selbst er, der keine großartigen olfaktorischen Fähigkeiten habe, den Geruch der deutschen Mädels zu schätzen begonnen hatte: »Die riechen anders, wirklich, glaubs mir«, hatte er zu Hubertus gesagt.

»Wonach?«

»Irgendwie nach Tüchtigkeit … also … Tüchtigkeit im Bett, meine ich.«

Hubertus hatte sich über seinen abstrus in ihm aufsteigenden Neid geärgert, hatte sich aber dennoch gefragt, ob er etwas in seinem Leben versäumte, das anderen Männern wichtig zu sein schien. Er hatte sogar leichthin mit dem Gedanken gespielt, ob gleichgültiger Beischlaf auch für ihn zu elementarem Lebensinhalt und ernst zu nehmender Sinngebung werden könnte. Seine eigenen diesbezüglichen Aktivitäten beschränkten sich auf seine langjährige Beziehung mit Susanna, jener Aromaforscherin aus dem Institut, die er einmal pro Woche zum Essen ausführte und die ihn dann in ihrer Wohnung verführte. Wobei das Verführen kein wirkliches Locken, Reizen, Betören, Bezaubern mehr war … eher eine von beiden sehr geschätzte Routine. Die beiden hatten einander gern, als Arbeitskollegen, als intellektuelle Gesprächspartner und als Begleitung in Theater- oder Konzertvorstellungen. Hubertus überlegte, ob er Susanna von Kalliope erzählen sollte. Würde sie mich auslachen, weil ich mich in ein 20-jähriges Mädchen verschaut habe, das meine Tochter sein könnte, fragte er sich.

In diesem Augenblick stockte er in seinen Gedanken. War es, weil er nicht ausgelacht werden wollte? Oder war es der Gedanke, dass Kalliope ungefähr so alt sein müsste, wie seine Tochter jetzt wäre. Seine Tochter, die nie zur Welt gekommen war.

25

In einer selten warmen, mondfinsteren Novembernacht zwischen zwei und drei Uhr früh starben zwei Menschen auf einer Landstraße in einem kleinen Dorf in Niederösterreich: Eine junge Frau namens Lucy. Und ein ungeborenes Mädchen, namenlos.

26

»Und seht mir doch diese Männer an, ihr Auge sagt es -
Sie wissen nichts Besseres auf Erden,
als bei einem Weib zu liegen.«
Friedrich Nietzsche

In der Cafeteria des Instituts traf Hubertus Susanna an. Sie unterhielt sich lachend mit einem Kollegen.

»Reis und Orangen. Das beste für Fortpflanzungs-Anbahnungen«, hörte er sie sagen.

Er begrüßte sie mit einer warmen Umarmung.

»Reis? Orangen? Fortpflanzung?«, fragte er.

»Deutsche Wissenschaftler haben doch diese Studie herausgegeben, wonach die Aromastoffe Nonanal und Decanal aus Orangensaft oder gekochtem Reis Schlüsselaromastoffe sind, die auch in menschlichem Schweiß vorkommen«, erklärte sie.

»Ach, die Achselschweiß-Studie. Kenne ich. Darüber hab ich in einem Fachmagazin gelesen. Und einen Kommentar dazu geschrieben. Ich halte diese Ergebnisse für Schwachsinn. Die haben mein Statement sogar in der nächsten Ausgabe publiziert«, flüsterte Hubertus ihr zu, leise, denn er wollte die entspannte Stimmung der Kollegen nicht stören.

»Weiß ich doch«, antwortete sie ihm ebenso leise, »ich hab mir deine Stellungnahme dazu sogar ausgedruckt. Du hast ja vollkommen Recht. Wieder mal genial, wie du deine Sichtweise dargelegt hast.«

»Austern als Vorspeise liefern Zink und Eiweiß. Benötigt der Mann zur Produktion von Testosteron«, scherzte Hubertus' Kollege.

»Und irgendwas mit Sellerie und Trüffel zum Hauptgang. In denen ist Androstenol, das auch im Männerschweiß enthalten ist. Die Schweden haben doch nachgewiesen, dass Testosteron-Abbauprodukte auf die weibliche Gehirnfunktion einwirken«, fügte Susanna hinzu.

»Und dann Orangenreis als Nachspeise? Wenns funktioniert, warum nicht. Wird nur langweilig, wenn das jeden Tag serviert wird«, meinte Hubertus gut gelaunt.

Die drei lachten kollegial. Derlei Witzeln über die Wirkung von Pheromonen auf das menschliche Sexualverhalten gehörte zum Alltag im Institut.

Die Beschäftigung im Institut für Geruchsforschung glich im Wesentlichen einer Sisyphusarbeit und beschränkte sich für Hubertus und seine Mitarbeiter viel zu oft nur auf die Untersuchung von natürlichen, naturnahen und synthetischen Lebensmittelaromen. So testete Susanna gerade den Lebensmittel-Aromastoff Castoreum, der aus dem Analdrüsensekret von Bibern stammte. »Meine Biber-Po-Studie«, bezeichnete Susanna ihre derzeit laufende Analyse. »Die meisten Menschen wissen natürlich nicht, dass sie Ausscheidungen aus Biber-Ärschen in ihrem Vanille- oder Erdbeerjoghurt essen.«

»Sollten wir ihnen auch nicht sagen«, meinte Hubertus.

Dann fragte er sie, ob sie am Abend Zeit für ein Essen mit ihm hätte. Sie bejahte.

27

Warst du krank? Man sagte mir, du warst ein paar Tage nicht im Institut.«

Susanna saß Hubertus gegenüber in ihrem Lieblingsrestaurant, einem kühl und modern eingerichteten New-Age-Lokal, das kleinste Portionen exquisiter Speisen graziös arrangiert auf übergroßen Designertellern servierte.

Sie stießen mit ihren Gläsern an.

»Heute lad ich dich ein«, sagte Susanna. »Ich habe etwas Außergewöhnliches zu feiern. Ich war nämlich auch ein paar Tage nicht im Labor. Ich war in New York. Aber davon erzähl ich dir später. Also, was hast du die letzten Tage gemacht?«

»New York?«, fragte er erstaunt.

»Später.«

»Okay … ich war in Florenz«, sagte er. Und erzählte ihr von seiner schnell entschlossenen Reise, vom Tränenvortrag, von seinem dann doch abgeschickten Bericht für seinen Auftraggeber. Von Kalliope.

»Ungefähr 20 Jahre alt? Du bist doppelt so alt wie sie. Sie könnte problemlos …«

»Sag es nicht. Bitte. Ich weiß es selber.« Er kam sich plötzlich lächerlich vor.

»Und du willst sie irgendwie finden? Warum rufst du nicht einfach diese Telefonnummer an? Von dieser Visitenkarte?«

»Weiß nicht … vielleicht weil sie ja wirklich erst 20 … ach, irgendwie komm ich mir …«

Hubertus, gewöhnlich nicht um Worte verlegen, im Institut und bei den Studenten wegen seines humorig-angenehmen Sprachflusses bewundert, in Susannas Gegenwart stets gelöst und zu feinen Scherzen aufgelegt, stotterte herum.

Sie sah ihn kritisch an. Er erwiderte ihren Blick ein wenig betreten und nahm ihre Witterung auf, die ihm sagte, dass sie ihn sehr gern hatte. In ihren ihn umhauchenden Pheromonen detektierte er ein vielfältiges Amalgam ihrer Gefühle … dass sie sich ein wenig über ihn lustig machte … und auch, dass sie traurig sein würde, ihn zu verlieren, sollte er sich tatsächlich mit dem Mädchen liieren, in das er sich da verschaut hatte.

»Du brauchst nicht herum zu stottern. Ruf diesen Typen einfach an«, meinte sie freundlich.

Er war sich bewusst, dass sie das war, was man gemeinhin als einen verlässlichen Kumpel bezeichnete. Er nickte dieser aparten, zarten Wissenschaftlerin, die ihn durch ihre modische Brille hindurch heiter ansah, dankbar zu. Beinahe glaubte er, sie wollte ihn necken.

28

*»Beurteile ein Mädchen beim Backtrog
und nicht beim Tanze.«
Dänisches Sprichwort*

Susannas Zimtschnecken.

Susanna Willi kam im Juni zur Welt, nur ein paar Wochen, nachdem Hubertus im St. Pöltner Landeskrankenhaus das befremdliche Licht dieser Welt erblickt hatte. Sie war das erste Kind ihrer Eltern, die oberhalb der Bäckerei der Schwiegereltern lebten, in einem Vierzigerjahre-Einfamilienhaus im zweiten Wiener Gemeindebezirk. Ihre Schwester Bibiane wurde elf Jahre später geboren.

Die Familie Willi war katholisch, der sonntägliche Kirchgang gehörte zur Pflicht. Susanna hatte – im Gegensatz zu Hubertus – nur gute Erinnerungen an ihre Kindheit. Sie wuchs in einem Einfamilienhaus auf, das eigentümlich eingezwickt zwischen den Wohnhäusern und Gemeindebauten versteckt lag. Sie war sich schon als Kind bewusst, dass ein eigenes kleines Haus mitten in Wien eine Seltenheit darstellte. Das Haus hatte einen Hinterhof-Garten, in dem Hühner und eine Katze herumliefen, in dem Karotten, Zwiebeln, Tomaten, Kräuter und Blumen wuchsen, in dem sich sogar ein kleiner Hasenstall mit Kaninchen befand.

Mit sieben Jahren wurde Susanna eingeschult, sie hatte ein Jahr länger zuhause bleiben dürfen, weil sie untergewichtig und vor allem zu klein war. Sie erfüllte nicht die vorgegebenen körperlichen Maße, um mit sechs Jahren in die Volksschule zu kommen. An ihre Schultüte erinnerte sie sich mit Freude, sie war gefüllt mit Schokolade, Gummibärchen und anderen Naschereien, die unüblich im Willi-Haushalt waren. Vater und Mutter meinten stets, es gäbe genug Leckereien aus der eigenen Bäckerei namens *Willi will's süß*.

Ihr Schulweg war kurz, nur vielleicht zehn Minuten. Auf dem Weg dorthin traf sie stets ihre Freundinnen, man tauschte Wurstbrote gegen Susannas Zimtschnecken, Topfengolatschen oder Faschingskrapfen, fragte, ob die Hausaufgaben schwer oder leicht gewesen seien, vor allem aber plauderte man über Spielzeuge, Fernsehsendungen, Barbie-Puppen, Comic-Hefte.

Ihre Schulleistungen waren überdurchschnittlich, sie nahm die Verpflichtung, ihrer Lehrerin zu gefallen, sehr persönlich. Als in der vierten Klasse der Volksschule das Thema Aufklärung besprochen wurde, wusste Susanna bereits, dass ihre Mutter schwanger war. So erlebte sie die kommenden Monate bis zur Geburt ihrer Schwester mit großem Interesse und einer Aufmerksamkeit, die über die Freude, ein Geschwisterchen zu bekommen, hinausging. Nachdem ihre Mutter mit Bibiane aus dem Krankenhaus zurückgekommen war, ließ sie sich im Detail den Geburtsvorgang und alle medizinischen Einzelheiten beschreiben. Ihr sehnlichster Wunsch war es, Ärztin zu werden. Die Eltern, hoffend, dass nun mit Bibiane ein Nachkomme da wäre, der die Bäckerei übernehmen würde (was Bibiane dann auch tat), erlaubten es Susanna.

Nach der Matura begann sie also ein Medizinstudium, wechselte ihre Studienrichtung aber schon nach zwei Semestern. Der Grund war einfach erklärt: Eine Liebesbeziehung mit einem Studienkollegen und deren ungemütliches Ende – er hatte sie mit nicht nur einer anderen Mitstudentin betrogen – machten ihr den Verbleib auf der Fakultät und die Konzentration auf das Medizinstudium unmöglich. Sie war ein sensibles Mädchen, dem emotionale Gerechtigkeit über alles ging.

Sie zog nach München und begann, vielleicht, um ihren Eltern und der Bäckerei ein wenig Anerkennung zu spenden, Lebensmittelchemie zu studieren. Die Technische Universität befand sich in München an der Lise-Meitner-Straße. In Susannas Kindheit und Jugend war sie täglich auf dem Weg zur Schule am Elternhaus der Wiener Forscherin im Zweiten Bezirk vorbei spaziert und deren Persönlichkeit, Leben und Forschungsdrang stellten für sie ein Ideal dar. Sie sah den Lise-Meitner-Zufall als gutes Zeichen für ihre neue Zukunft, ihren neuen Weg und ihren Entschluss, unter die unerquickliche Erfahrung mit dem untreuen Medizinstudenten einen Strich zu ziehen.

Sie spezialisierte sich auf Aromawahrnehmung und Aromaforschung, hatte ein paar Affären, ging ab und zu am Abend aus und betrank sich mit ihren Studienkollegen. In die Kirche ging sie sonntags nicht mehr. Ihren Glauben an einen gerechten Gott hatte sie, gleichzeitig mit dem untreuen Medizinstudenten, in Wien hinter sich gelassen. Das eine stand mit dem anderen in keiner Beziehung, es hatte sich einfach so ergeben.

Schließlich bewarb sie sich – nach ihrer Promotion und ein paar lustlos verbrachten Jahren im Labor eines Münchner Lebensmittelkonzerns – am Geruchsforschungs-

Institut in Wien. Im Alter von dreißig Jahren war sie wieder in ihrer Heimatstadt angekommen. Ihre Schwester hatte inzwischen die Bäckerlehre abgeschlossen, bereitete sich auf die Meisterprüfung vor, hatte sich verlobt und würde mit ihrem zukünftigen Mann die Bäckerei der Eltern übernehmen.

Die zehn Jahre in München hatten Susanna von ihrer Familie entfremdet. Nicht unangenehm, nicht auffallend, nicht störend. Sie spürte nur, dass sie dem Handwerklichen, dem Gewerblichen entwachsen war. Ihre Vertrautheit mit dem Zweiten Bezirk, der ihr Heimat und Heimeligkeit gewesen war, war verschwunden. Die Arbeit im Institut hingegen bot ihr ein neues befriedigendes Wirkungsfeld. Susanna wurde dank ihrer Sorgfalt, ihrer oft eigentümlichen Gedankenexperimente und unüblichen Herangehensweisen an Problemlösungen sehr geschätzt.

An den Wochenenden besuchte sie ihre Eltern und ihre Schwester, die inzwischen verheiratet war und ein Kind bekommen hatte. Bei schönem Wetter saßen sie im kleinen Garten, tranken Kaffee und kosteten sich durch Bibianes neue Gebäck-Kreationen. Bibiane führte den Betrieb biologisch-organisch und experimentierte mit laktose-, gluten- und allergenfreien Zutaten. Mit Fair-Trade-Produkten und Superfood-Ingredienzien. Außerdem hatte sie die Bäckerei von *Willi will's süß* auf *Bibis Bio-Backstube* umbenannt. Susanna hatte es als gewagt empfunden, einen alteingesessenen Namen zu ändern, aber Bibiane hieß nun einmal nicht mehr Willi und außerdem liefen die Geschäfte seither durchaus vielversprechend.

Wenn Susanna am nächsten Montag ins Institut kam, brachte sie stets eine große Ladung Backwaren mit, die sie an alle Kollegen verteilte. So hatte sie Hubertus näher kennen gelernt, jenen doch eher zurückgezogen arbeitenden, hochgewachsenen, gutaussehenden Wissenschaftler, der die angebotenen Köstlichkeiten immer gern angenommen hatte. Eines Tages war er zu ihr ins Labor gekommen und hatte sie gefragt, ob er ›vielleicht noch eine zweite Zimtschnecke mit diesem ganz besonders eleganten Zuckerguss‹ haben könnte. Sie hatte keine Zimtschnecken mehr, fragte ihn, was er mit ›elegantem Zuckerguss‹ meinte.

»Eine elegante Geruchskombination. Eine Spur Rosenwasser, eine Spur Orange, eine Spur Zitrone. Von allem nicht zu viel, eigentlich nur Winzigkeiten, gerade richtig. Einfach perfekt. Elegant den Zimt unterstreichend, alles kaum wahrnehmbar. Dieser Bäcker ist ein Könner.«

Susanna wusste, dass ihre Sympathie für Hubertus nicht erst in diesem Moment entstanden war, als er das Können ihrer Schwester lobte. Ihre weitere Beziehung mit ihm, die an diesem Tag mit einem gemeinsamen Nachmittagskaffee in der Instituts-Kantine begann, bewies ihr, dass ihre spontane Zuneigung zu diesem Mann zu Recht aufgekommen war.

29

Spät in der Nacht saß Hubertus vor seinem Computer, starrte auf den Bildschirm und die Homepage der Suchmaschine, in die er noch nichts eingetippt hatte. Worte wie *Alltagstrott, Orientierungslosigkeit* und *Sinn-Vakuum* geisterten durch seinen Kopf.

Endlich googelte er den Namen David Kramer. Und fand einen Vogelscheuchen-Designer, wohnhaft in Linz. Er verglich die Telefonnummer mit der auf der Visitenkarte. Es war dieselbe. Für ein paar Sekunden widerstand er der Versuchung, an der Karte zu schnuppern. Dann hob er sie zu seiner Nase und atmete den Duft des etwas zu starken Parfums ein. Und dahinter liegend, darunter liegend, erkannte er Kalliopes eigenen Geruch. Ein Geruch, der ihm verwunderlich vertraut erschien.

Zu Lucys siebzehntem Geburtstag hatte Hubertus ihr einen Flakon mit Parfum geschenkt. Sie hatte sich darüber gefreut, es aber nie verwendet. Sie röche gern nach sich selbst, hatte sie ihm zugeflüstert.

»Du riechst besser als jedes Parfum«, hatte wiederum er ihr zugeflüstert. Er erinnerte sich daran, wie unbeholfen ihm sein romantisches Geständnis vorgekommen war.

30

Im Laufe der Woche rief Hubertus dann doch David Kramer an. Während er dem Rufton lauschte und darauf wartete, dass sich jemand meldete, versuchte er, sich über seine Situation klar zu werden. Das hatte er schon in den vergangenen Tagen getan und war zu keinem rechten Resultat gekommen. Er wusste, dass er sich nicht in Kalliope ›verschaut‹ hatte. Es ging ihm vielmehr darum, dahinter zu kommen, in was er da hineingeraten war. Die Verkrümmungen von Raum und Zeit, das Schwinden physikalischer Gesetzmäßigkeiten, die Überlappungen von Wahrscheinlichkeit und Unschärfe ergaben für ihn keinen Sinn. Und dann ging alles so einfach, dass er sich beinahe überrumpelt vorkam.

»Kalliope? Ja, klar. Meine Freundin. Also … Exfreundin … aber Ersatz ist schon da … ich bin kein Kind von Traurigkeit«, sagte David Kramer am anderen Ende der Leitung.

Die Stimme des Mannes irritierte Hubertus.

David Kramers Sprech-Habitus erschien Hubertus wie der eines Schauspielers, der seinen Text übte. Hubertus versuchte, sich das dazugehörige Äußere seines Gesprächspartners vorzustellen. Ein Geruch von Geltungslust und Kleinlichkeit stieg ihm in die Nase. Als der Mann ihm schließlich die Telefonnummer von Kalliope durchgegeben hatte, beendete Hubertus das Gespräch erleichtert.

Früher Abend, er war vor einer halben Stunde aus dem Institut nach Hause gekommen. Er ging in die Küche, entkorkte eine Flasche gut gekühlten Rotgipfler. Schenkte sich ein Glas ein, setzte sich auf die Couch in seinem Wohnzimmer, sah sich um. Er legte die Füße auf die Couch, betrachtete nachdenklich seine Socken. Wackelte mit den Zehen. Lächelte darüber, diesen Anruf so lange hinausgezögert zu haben. Für derlei Kindereien betrachtete er sich als schon zu alt. Er streckte sich aus, legte seinen Kopf auf die Armlehne der Couch. Sah zu dem gedimmten indirekten Licht der Zimmerdecke hinauf und dachte darüber nach, dass nun eingetreten war, was er sich gewünscht hatte. Und ob das nicht vielleicht doch etwas anders war als das, was er sich tatsächlich gewünscht hatte.

Um der Wahrheit ein wenig näher zu kommen: Half es ihm, darüber nachzudenken? Nein, es half ihm nicht.

Arbeit war seine Methode, um durchzuhalten. Es war dies die Methode vieler, vielleicht der meisten Menschen. Es war keine schlechte Methode, aber es gäbe auch andere.

31

»Ich kann die Bewegung der Himmelskörper berechnen, aber nicht das zuweilen abnorme Verhalten der Menschen.«
Isaac Newton

Er wüsste gern um die Zusammenhänge. Er wüsste gern um das, was die Leute mit Ursache und Wirkung meinten. Er wüsste überhaupt gern um die vielen Dinge, die Leute im Laufe des Tages so meinen, speziell dieser David Kramer, der von sich behauptete, kein Kind von Traurigkeit zu sein. Was für eine unnütze Bemerkung, dachte Hubertus. Er setzte sich wieder auf, beugte sich zum Couchtisch, nahm sein dort abgestelltes Glas und trank einen Schluck Wein. Der Rotgipfler war einer seiner Lieblingsweine, die angenehme Säure und vor allem das feine Bouquet passten zu diesem Abend auf der Wohnzimmercouch. Um tätig zu sein, griff er sich die Dissertation eines Studenten, die er an diesem Abend noch mit weiteren Rand- und Abschlussbemerkungen zu versehen beabsichtigt hatte. Ab und zu stand er auf, ging zu seiner Bibliothek, nahm ein Fachbuch, schlug etwas nach. Oder ging zum Computer, um in der Datenbank des Instituts eine Fußnote zu überprüfen, die ihm korrigierenswert erschien. Dann saß er wieder auf der Couch, legte wieder die Füße hoch, sah sich wieder in seinem Wohnzimmer um. Schlussendlich hatte er keine

Geduld mehr mit sich, nahm sein Mobiltelefon und wählte Kalliopes Nummer.

32

Sie hatte ihn gefragt, warum er sie ausgeforscht, warum er sich mit ihr verabredet hatte. Seine Antwort war die einzige ihm mögliche, dass nämlich die Verkrümmungen von Raum und Zeit, das Schwinden physikalischer Gesetzmäßigkeiten, die Überlappungen von Wahrscheinlichkeit und Unschärfe für ihn keinen Sinn ergäben.

»Die Natur ist so gemacht, dass sie verstanden werden kann. Oder vielleicht sollte ich richtiger umgekehrt sagen, unser Denken ist so gemacht, dass es die Natur verstehen kann. Zitat von Werner Heisenberg. Sorry fürs Zitieren, aber griffiger kann ichs nicht sagen.«

Kalliope lächelte Hubertus an.

Freimütig im Dialekt vorgetragen, waren Heisenbergs Worte für ihn stimmiger, als er sich den Physiker je vorgestellt hatte. Abgesehen davon hatte er sich nie mit der Persönlichkeit Heisenbergs beschäftigt. So waren ihm auch nicht die Trivialia bekannt, die Kalliope wusste, dass Heisenberg nämlich auch ein guter Tischtennisspieler, ein gesellig-froher Mensch und Vater von sieben Töchtern war. Die nach dem Physiker benannte Unschärferelation kannte Hubertus noch aus der Schule. Indessen war es in seinem bisherigen Leben nie von Belang gewesen, ob einer Materiewelle gleichzeitig genaueste Orts- oder Impuls- oder welche Bestimmung auch immer zugeordnet werden konnten. Zu diesem Zeitpunkt, während seines sonntagnachmittäglichen Gesprächs mit Kalliope in einem kleinen Café nahe dem Wiener Stephansplatz, wusste er noch nicht, dass er genau dieser – nicht nur physikalischen – Problematik in absehbarer Zeit große Wichtigkeit beimessen würde: ob sich nämlich eine Materiewelle an einem genauestens bestimmten Ort zu einem genauestens bestimmten Zeitpunkt mit einem genauestens bestimmten Impuls befinden könnte, ob sich bestimmen ließe, in welche Richtung sie wanderte, ob sie ziellos herum irrte, ihren Weg suchte, nicht wusste, wohin … und sich schlussendlich für einen recht eigenartigen Ort entschied, nämlich einen Endotrachealtubus.

Als wollte sie einer ihr fast mystisch anmutenden Atmosphäre, die plötzlich zwischen ihnen herrschte, entfliehen, begann Kalliope nach ein paar Minuten des Schweigens von ihren kindlichen Kerzenexperimenten zu erzählen.

»Sie wollten Tränenforscher werden, nicht wahr? Ich wollte als Kind Kerzenforscherin werden.«

Sie, Kalliope, sei seit ihrer viel zu frühen Geburt eines der wahrscheinlich meistbeschützten und überwachten Kinder Europas gewesen, ein überfürsorglich behütetes Mädchen. Gleichwohl trotzte sie dem Behüten und Beschützen schon vom Krabbelalter an. Keine Gefahr war vor ihr sicher. Kalliope kannte keine Lebensangst, kletterte auf alles Hohe, spielte bevorzugt mit scharfen Messern, spitzen Scheren. Und vor allem spielte sie, im wahrsten Sinne des Wortes, mit dem Feuer.

Als sie vier oder fünf war, genau erinnerte sie sich nicht, begann sie zu zündeln. Mit Feuerzeugen, die sie ihren Eltern entwendete. Mit Zündhölzern. In ihrem Kinderzimmer machte sie auf dem Fußboden, inmitten ihrer Spielzeuge, kleine Lagerfeuer aus Papier, mit im Garten gefundenen Holzstückchen.

»Der Papa hat immer gesagt, ich fackel noch das ganze Haus ab«, sagte Kalliope mit übermütiger Stimme.

Hubertus dachte an seine Schwester, an den Weihnachtsbaum in der Gaststube. Als Sophia die Kerzen an der Tanne entzünden wollte und er ihr das mit ebenjenen Worten verbot, die Kalliope gerade gebraucht hatte. Er dachte an diese lang zurückliegende Weihnacht, als Sophia ihm erstmals gesagt hatte, dass der Vater bei ihr gewesen sei. Hubertus hatte es nicht verstanden. Wie hätte er auch.

Dennoch lächelte er Kalliope zu, bat sie mit einem Nicken zum Weitererzählen. Was damals geschehen war, was er in den vergangenen zwanzig Jahren durchgearbeitet hatte, war zwar Teil seines Lebens, aber plötzlich und unwiderruflich vergangen. Nicht mehr inhaltgebend. Ein sphärischer Duft einer Möglichkeit, einer Vision, eines Neuen dockte an seinem Geruchssystem an.

33

»So ist das Wesentliche einer Kerze nicht das Wachs.«
Antoine de Saint-Exupéry

Sie konnte stundenlang in Kerzenflammen schauen, der wundersamen Wandlung von etwas Solidem in ein Nichts zusehen. Die Metamorphose bezauberte und betörte sie. Nachdem Kalliope mehrmals von ihren besorgten Eltern beim Beinahe-Hausabfackeln erwischt worden war, einigte man sich darauf, dem Kinde einen nie zu Ende gehenden Vorrat an Kerzen zur Verfügung zu stellen. Einziges Zugeständnis: Gezündelt wurde nur im Beisein von Mama oder Papa.

Der Vater erklärte ihr den physikalischen Vorgang: »Bei einer Kerze verbrennt nicht der Docht, sondern das Wachs.«

Wie durch ein Wunder baute sich die Kerze, sobald man den Docht anzündete, ihr eigenes Gefäß für das flüssige Wachs, indem sie den Rand der Kerze als solides Behältnis beließ, im Zentrum das Wachs schmolz und so die flüssige Nahrung der Flamme erschuf. Das verflüssigte Wachs stieg an dem Docht hinauf (Kalliopes Vater erklärte dem Kind auch den Kapillareffekt), verdampfte an dessen Spitze. Und was dann vor den Augen der kleinen Kalliope brannte, war Wachs-Dampf. Die dabei entstehende Hitze hielt den Kreislauf in Gang, nämlich Schmelzen, Aufsteigen,

Verdampfen, Verbrennen. Und was s
der Flamme, waren winzigste glüher

»Anzünden. Ausblasen. Anzünde
wieder. Stundenlang«, sagte Kalliope
konnts einfach nicht glauben, dass ich mit
eigentlich nur das verdampfte Wachs wegpuste,
weit vom Docht weg ist, dass es zum Verbrenn
mehr heiß genug werden kann. Ich war damals rege
hypnotisiert, wenn ich in die Kerzenflamme geguckt hab.«

Sie sagte ihm noch, dass sie ihren Lehrer in ihrer ersten Physikstunde darauf hingewiesen hatte, dass Eis, Wasser und Wasserdampf als Beispiele für die drei Aggregatzustände viel zu langweilig und die einer Kerze doch weit eindrucksvoller wären: »Kerze, flüssiges Wachs, Wachsdampf. Ist doch echt spannender als Eis, Wasser und verdampftes Wasser.«

Hubertus hatte bei ihren Kindheitserinnerungen nicht auf den Inhalt dessen geachtet, was sie ihm erzählte. Er hatte ihr beschwingtes Gesicht beobachtet, ihre heiteren Augen, ihre unbefangene Miene. Er dachte sich, dass er diese Kerzen-Komplexität gerne konservieren würde: den von seiner Kaffeetasse aufsteigenden Dunst, den Atem des Mädchens ihm gegenüber, ihren durchaus sympathischen Schweiß. Vermengt mit seinen Geruchs-Erinnerungen an echte Bienenwachskerzen, war all dies für ihn so dinghaft wahrnehmbar, dass er sich wie in einem musealen Heiligtum der Gerüche wähnte.

»Sie müssen eine wunderbar unbeschwerte Kindheit gehabt haben«, sagte er.

»Abgesehen davon, dass ich viel zu früh zur Welt gekommen bin.«

»Viel zu früh? Was meinen Sie damit?«

ich bin ein viel zu frühes Frühchen. ebenschance nicht mal zehn Prozent.«

e bestellte belegte Brötchen und zwei Glas Sekt.

»Wir müssen meinen Geburtstag nachholen«, sagte sie zu ubertus, nachdem die Kellnerin die hübschen kleinen anapés und den Sekt gebracht hatte.

Sie schob ihm ein Glas zu. »Hab ich in Florenz nicht gefeiert. Ich hab genau an dem Tag Geburtstag gehabt, als ich Sie auf der Piazza angesprochen hab. Aber zum Feiern keine Lust gehabt. Geburtstage sind für mich nicht so wichtig. David hat mich immer genervt damit.«

»David?«, fragte er.

Und während er das fragte, hatte er das Gefühl, als befände er sich zwischen verschiedenen Dimensionen. Als habe ihm jemand aus einer anderen Zeitschicht auf die Schulter getippt. Als wäre er auf einer Bühne – erneut gefangen im von ihm so benannten ›Florentinischen Theaterstück der Zufälligkeiten‹ – und hätte schon wieder nicht die geringste Ahnung, welche Rolle ihm zugedacht war.

Mit einer Klarsichtigkeit, die ihn in ihrem Starrsinn nachgerade erbitterte, war er absolut sicher, einen Hinweis bekommen zu haben.

Aber er wusste nicht, welchen.

Es gab etwas, woran er denken müsste.

Er hatte etwas übersehen.

Etwas Wichtiges.

Etwas, das ihm einmal wichtig gewesen war.

»Komm, stoß an mit mir«, unterbrach sie seine Gedanken, »und sag du zu mir. Das Sie macht mich ganz kribbelig.«

Er nahm sein Glas, ließ es an ihres klirren, verscheuchte seine Abwesenheit.

»David?«, fragte er wieder und hoffte im Stillen, dass vielleicht dieser Designer der Hinweis gewesen wäre.

»Ja genau. David hat immer eine große Party gemacht, für jeden Geburtstag. Für seinen, für meinen, für Freunde. Mir war das nach einer Weile zu blöd. Alle einladen und dann wird gesoffen und nachher fühlt man sich elend. Allein schon deswegen wollte ich dieses Jahr nicht feiern.«

Sie kannte David, seit sie siebzehn war. Ihre Trennung lag ein halbes Jahr zurück. »Der ist mir echt zu anstrengend geworden, seit seinem Ruhm. Na ja, eigentlich schon vorher. Aber was solls.« Sie nahm einen Schluck Sekt.

»So«, meinte sie dann, »du bist also nicht Tränenforscher geworden?«

Hubertus arbeitete im ›Institut für Geruchsforschung, Hygiene und Umweltschutz‹. Seine anfängliche Arbeit war die objektive Erforschung des Stinkens gewesen. Als komplexe Gasmischungen stellten Gerüche etwas dar, dessen Intensität von jedem Menschen anders aufgenommen würde.

»Für den einen stinkt es, für den anderen riecht es, der eine verbindet negative Emotionen damit, der andere positive«, sagte er.

Gerüche würden im limbischen System des Gehirns landen, wo sie einer Verarbeitung und Bearbeitung unterliefen, genau dort, wo eben auch die Emotionen säßen. Wissenschaftliches Messen von Gerüchen sei sehr schwer, meinte er.

Er war froh, ein neutrales Thema zur Unterhaltung gefunden zu haben. Welchem Gegenstand er sich im Gespräch mit ihr zuwandte, war für ihn nicht von maßgeblicher Bedeutung. Das leichte Schweben seiner Stimme, ihrer Stimme, Sätze, die sich zwischen ihnen hin und her bewegten, Worte, duftende Töne … Gerüche, schwankende Partikel … seidene Pheromone … all das stellte für ihn auf einmal tatsächlich wahre Unterhaltung dar. Die offenbare Nichtigkeit dessen, was gesprochen mitgeteilt werden konnte, die unzweifelhafte Begrenztheit der wortgebundenen menschlichen Kommunikation wurde ihm in einem erfreuenden Gedankenblitz bewusst.

Geruchsaktive Inhalte, sagte er also frohgemut, könnten schon in minimalsten Konzentrationen bemerkt werden, die physikalisch-chemische Bestimmung mittels Anreicherung verschiedenartigster Adsorptionsmaterialien sei jedoch wesentlich komplizierter.

»Ich habe einen wahren Fuhrpark an Messapparaturen im Institut, hunderttausende Stoffverbindungen sind im System abgespeichert, Röhrchen mit Luftproben, Fläschchen, Gläser mit Duftproben … was da alles im analytischen Labor lagert, das kann sich keiner vorstellen.«

»Du bist ja total ins Schwadronieren geraten«, sagte sie, »also ist schon eine ziemliche Begeisterung da.«

Jeder hat sein eigenes System zum Überleben, dachte er für sich.

Er erinnerte sich an seinen ehemaligen Schulfreund Manfred, der sich vor Kurzem dem Geruch des Verbrechens zugewandt hatte, wie er Hubertus bei seinem letzten Besuch in Wien berichtet hatte. Er begann von Manfreds derzeitiger Arbeit zu erzählen: »Ein ehemaliger Studienkollege von mir analysiert derzeit Stasi-Geruchsproben. Er ist auf dem besten Weg, das zu machen, was ich nie wollte: internationale Karriere. Ich seh das ohne

Neid, er macht es mit Leidenschaft. Um die Leidenschaft beneide ich ihn vielleicht, aber nicht um die Karriere.«

Manfreds Mitarbeiter-Stab durchforstete im Rechtswissenschaftlichen Institut in Deutschland 120.000 Regalmeter von Stasi-Dokumenten, die die alltägliche Bespitzelung in der ehemaligen DDR aufzeigten. Sein Team arbeitete sich durch einen Berg von Aktenmaterial der Stasi, das als sogenannte »Vertrauliche Verschluss-Sache VVS-0001« den Ausbau einer immensen Datenbank für menschliche Geruchsproben belegte, er selbst analysierte unzählige Duftproben von Dissidenten, von Verdächtigten, von Spitzeln und von Bespitzelten. In simplen Einweck-Gläsern waren bräunlichgelbe Tüchlein gelagert worden, um die olfaktorischen Spuren von potentiellen Staatsfeinden aufzubewahren.

»Wie lang kann man Gerüche eigentlich lagern?«, fragte Kalliope.

»Kommt drauf an. Auf die Lagerung. Kühl und dunkel. Wir selbst benutzen Stickstoffatmosphäre zum Konservieren. Das verhindert die Oxidation.«

Er erzählte von einem Kuriosum: Manfred hatte festgestellt, dass die Geruchsprofile von eineiigen Zwillingen sogar für die modernsten Gas-Chromatografen nicht unterscheidbar wären.

»Gas-Chromatografen – sind das sowas wie technische Nasen?«

»Ja, aber sie stecken noch in den Anfängen. Die menschliche Nase zu ersetzen, ist Zukunftsmusik. Hunde können übrigens Zwillinge unterscheiden. Und meine Nase kann noch viel mehr Nuancen unterscheiden als die von Hunden. Ich hab sowas wie die Super-Hundenase.«

Er lachte, entschuldigte sich bei ihr, weil er sich wie ein Angeber vorkam, der seiner übermäßigen Eitelkeit nachgab. Er sei mit dieser Gabe geboren worden, könne nichts dafür, sie zu haben. Sie sei ihm beruflich doch hin und wieder von Nutzen, privat hingegen stelle sie nur allzu oft eine Last dar. »Letzteres«, er wollte sich eine Zigarette anzünden, hielt dann inne, weil es in dem Café nicht erlaubt war, »ist der Grund, warum ich rauche.« Er verstaute die Zigarettenpackung wieder in seiner Jackentasche.

Unschlüssig nahm er das Sektglas und trank den letzten schalen, nun schon warmen Schluck. Sein Griff nach der Zigarettenpackung bedrückte ihn. Normalerweise rauchte Hubertus aus reinem Genuss oder zum Zwecke der Betäubung seiner Geruchswahrnehmungen. Und nur sehr selten, weil er sich, wie jetzt, zaudernd fühlte. Seit zwanzig Jahren misstraute er seinem Geruchssinn. Seit zwanzig Jahren war ihm seine Super-Hundenase – er lächelte ob der von ihm erfundenen Vokabel – suspekt. Er hatte seine Gabe unterdrückt, vielleicht sogar vergewaltigt. Konnte er diesem Mädchen davon erzählen?

»Sag mal, du mit deiner feinen Nase, du hättest doch wer weiß was werden können. Parfümeur oder so in der Richtung? Ein echter Nasen-Guru?«, erkundigte sich Kalliope.

Das stimme schon, antwortete Hubertus ihr, er hätte wohl auch eine gutbezahlte Karriere im kommerziellen Getriebe erwägen können. Er wusste, dass er damit dem auswich, was er ihr gern gesagt hätte. Entgegen seines Hangs, das zu sagen, was für ihn stimmte, zögerte er. Erzählte ihr nicht, dass es einen scharf markierten Moment in seinem Leben gegeben habe, als er etwas Ausdrückliches gerochen hatte. Eine ganz spezielle und eindeutige

Witterung aufgenommen hatte. Die der Gefahr. Und nicht darauf reagiert hatte.

Sie war aufgestanden, um sich, wie sie sagte, kurz frisch zu machen. Er mochte sie für diese Formulierung, hatte, als sie sich erhob, erwartet, sie würde ›Ich muss mal‹ sagen. Während er allein an dem Tischchen saß und in das leere Sektglas blickte, als könne es ihm sein Zaudern nehmen oder Aufschluss geben über seine Zweifel, sah er mit einem Mal ein, dass diese Gabe, diese Fähigkeit, dieses sein ganz spezielles Talent lediglich ein Werkzeug darstellte. Die Auseinandersetzung mit dem Duft und dem Gestank der Welt könnte doch für ihn als eine Art außergewöhnliches Hilfsmittel fungieren, das er losgelöst von seinem Erlebten sah. Und nicht mehr als das, worauf er es in seinem mutlosen Streit, es zu unterdrücken, reduziert hatte.

Er war, so konstatierte er wieder einmal – und fast war er dieses Gedankens schon überdrüssig –, auf einer unbestimmten Suche. Doch wie er da so saß und das Sektglas anstarrte, stellte für ihn eine solche Suche unversehens nicht mehr Tragikum oder Drama dar, sondern einfach nur eine Tatsache.

Sie war zu ihm zurückgekommen, gleichzeitig brachte die Kellnerin noch zwei Gläser Sekt und weitere Brötchen, die Kalliope, so sagte sie, bestellt hatte.

»Die Tätigkeiten, mit denen ich meine Zeit, meine Stunden, meine Tage füllte, waren für mich bisher nur Beschäftigungen«, sagte er, »einer Art Rahmenhandlung gleich, die dem Wahren so etwas wie eine Gehhilfe boten, damit es seiner selbst nicht verlustig ginge …« Sie hörte ihm interessiert zu.

»Nein«, verbesserte er sich, erstaunt von seiner plötzlichen Freude, »viel eher diesem Wahren eine Bühne bieten, auf der es sich entfalten kann.«

»Jeder hat sein eigenes System zum Überleben«, sagte Kalliope.

Er sah sie verblüfft an: »Ein Überlebenssystem?«

Sie nickte.

Die Unausweichlichkeit schlug in ihn ein wie ein Bombenangriff. Jetzt, nach all den Jahren, völlig unerwartet, bei perlendem Sekt und delikaten Canapés, ergriff ihn die erschütternde Gewissheit, an dem Punkt angelangt zu sein, an dem er keine Ausflüchte mehr wollte. An dem er sich seiner eigenen Aufrichtigkeit ergeben musste. Und so fragte er sie, ob sie sich an ihr erstes Gespräch in Florenz erinnerte, als er ihr vorschlug, von sich zu erzählen und sich im Gegenzug ihre Geschichte anzuhören, um das Rätsel zu entschlüsseln, wer wer sei.

Wieder nickte sie.

»Das möchte ich gern tun«, sagte er.

34

Ein früher Sonntagnachmittag im späten November, das Thermometer zeigte nur ein paar Grad über Null. Hubertus und Susanna spazierten durch den herbstlichkalten Wald, beide eingemummt in warme Kleidung. Sie gingen langsam nebeneinander, sahen einander ab und zu ins Gesicht, lächelten sich zu. Hubertus trug Handschuhe und eine Wollmütze, seinen Mantelkragen hochgeschlagen. Susanna hatte einen Schal um ihren Kopf gelegt, die Hände steckten in den Manteltaschen.

»Alles bereitet sich schon auf den Winter vor«, sagte sie, ihr Atem hauchte in der stillen Waldluft.

Der Boden unter ihren Füßen war mit krustigen Blättern bedeckt, ihrer beider Schritte raschelten geheimnisvoll, murmelten knisternd von Vergangenem und Kommendem.

Hubertus hatte Susanna von seinem Treffen mit Kalliope berichtet, von seinem sonderbaren Interesse an diesem Mädchen, das er nicht ihrer selbst wegen mochte, sondern weil sie etwas verkörperte. Genauer gesagt verkörperte nicht Kalliope etwas, sondern die Textur ihres Geruchs, die dem von Lucy und seiner namenlosen, nie geborenen Tochter so sehr ähnelte, dass es ihm ein unlösbares Mysterium war. Und von seiner Einsicht hatte er Susanna erzählt, der Einsicht, dass er, recht einfallslos ausgedrückt, wieder riechen wollte. Dass er seinen Geruchssinn – zum dritten Mal in seinem Leben erschien ihm der Ausdruck Super-Hundenase am griffigsten – nicht mehr ungenutzt lassen wollte.

Dann gingen sie eine gute Stunde schweigend nebeneinander und Hubertus dachte nicht mehr an Kalliope. Hingegen daran, dass er Susanna seit Anbeginn ihrer Beziehung nichts verschwiegen hatte. Sie kannte die Umstände seiner Kindheit, sie wusste alles von Lucy.

Sie blieben stehen, an einer einsam vor sich hin frierenden Sitzbank, auf der sie im Sommer während eines ähnlichen Spaziergangs eine Rast eingelegt hatten. Hubertus sah diese kluge Frau an, der er so sehr vertraute wie niemandem sonst, der er mehr als nur eine nachlässige Zuneigung entgegenbrachte: »Ich habe mich in einem Zustand der Vorläufigkeit befunden, eigentlich etwas zu lang.«

»Die Welt zwingt den Menschen zu Kompromissen«, antwortete ihm Susanna.

Plötzlich brachen beide ob der Ernsthaftigkeit, mit der sie miteinander sprachen, in kicherndes Lachen aus, wie Kinder kamen sie sich vor. Hubertus zog seinen Handschuh aus, nahm Susannas Hand. Und wie Kinder gingen sie, Hand in Hand, flotten Schrittes weiter.

»Phytohormone«, sagte Susanna und kickte mit ihren Stiefelspitzen die Blätter vom Boden in die Luft.

»Wie bitte?«

»Phytohormone. Die schickt der Baum zu den Blattstielen. Und dort bewirken die, dass sich ein Trenngewebe aufbaut. Das verkorkt dann und die Blätter fallen ab. Sonst würde der Baum vertrocknen. Über die Blätter gibt der Baum Wasser ab. Und wenn der Boden zugefroren ist und kein Wasser über die Wurzeln aufgenommen werden kann, muss er seine Blätter loswerden.«

Hormone, dachte Hubertus. Und er überlegte, was er vertrocknet und verkorkt hatte. Was in ihm zugefroren war.

Als könnte Susanna seine Überlegungen erahnen, meinte sie: »Also, wenn wir schon mal bei Ernsthaftigkeiten und Banalitäten sind und uns nicht davor scheuen, absonderliche Formulierungen zu verwenden, dann sieh es mal so: Was auch immer es mit diesem Mädchen namens Kalliope auf sich hat, sie hat zumindest bewirkt, dass etwas in dir aufzutauen beginnt.«

Zugefroren … aufgetaut … eine wohl absonderliche Assoziation, aber zutreffend.

Er legte den Arm um sie und scheute dann auch vor noch absonderlicheren gedanklichen Banalitäten nicht zurück. Denn unvermittelt stellte er sich das Mädchen Kalliope als so etwas wie einen Engel vor, vielleicht, weil in Kürze Weihnachten war, ein Fest, das er freilich nie andächtig beging. Ein etwas eigenwilliger Engel, durchaus, der anstelle von Weihrauch mit allzu vertrauten körperlichen Ausdünstungen in seinem Leben erschienen war. Damit er sein Urvertrauen wieder gewann. Und damit er sich vielleicht doch endlich einmal zu der Frau bekennen konnte, die da so unbekümmert an seiner Seite mit ihren Stiefeln das Laub aufwirbelte, wie wenn sie selbst ein junges Mädchen wäre.

35

»Wer vor seiner Vergangenheit flieht,
verliert immer das Rennen.«
T. S. Eliot

Das Leben war durchaus erfinderisch, zumindest, was Zufälle betraf. Als Hubertus am folgenden Tag vom Institut nach Hause ging, sah er Kalliope an einer Straßenbahn-Haltestelle stehen. Sie war so sehr eingehüllt und verpackt in ihren wattierten langen Wintermantel mit Kapuze, mit einem langen Wollschal mehrmals um ihren Hals gewickelt, dass er sie nicht an ihrer Silhouette erkannte, hingegen an ihrem Geruch, der ihm schon ein paar Meter, bevor er sie sah, entgegen geweht hatte; Hubertus ging, bei auf und ab schwellenden nasskalten Luftböen, gegen die Windrichtung.

Er fragte sie, wohin sie unterwegs sei und ob sie mit ihm reden wolle. Er hätte gerne sein Gespräch mit ihr fortgesetzt.

»Nirgendwo hin, ich fahr nur gern Straßenbahn. Manchmal, wenn mir langweilig ist. Einfach so eine Stunde durch die Stadt gondeln. Leute anschauen. Wie sie immer weggucken, sobald man ihnen ins Gesicht blickt. Jeder hat irgendwie Angst vor Nähe. Find ich spannend. Magst du mit?«

Also bestieg er mit ihr die nächste anhaltende Straßenbahn. Sie fanden einen Sitzplatz, wo sie sich einander gegenüber hinsetzten, und Hubertus begann, von sich zu erzählen.

Manchmal schwieg das Leben auch, wartete ab. Während Hubertus von seiner Kindheit, seiner Schwester Sophia, vom Vater und von der Mutter erzählte, während er Lucys Kommen und Gehen vor seinem inneren Auge und vor dem Kalliopes erstehen ließ, während er über sein Studium, seine Karriere und seine Beziehung zu Susanna berichtete, geschah nichts. Das Leben wartete ab. Die Straßenbahn stoppte bei Haltestellen. Leute stiegen ein oder aus, drängelten sich an ihnen vorbei, streiften mit Mantel oder Taschen an Hubertus' oder Kalliopes Schultern.

In den beinahe mit Händen greifbaren Kokon von Hubertus' Monolog drang das alles nicht ein. Kalliope saß leicht vorgebeugt, blickte ihn an und durch ihn hindurch, als sähe sie das, wovon ihr Gegenüber berichtete, auf einer Leinwand, in einem altmodischen Kinosaal sitzend, der Film mit einer Normal8-Kamera aufgenommen, schwarzweiß, zerkratzt, verschmutzt. Der imaginäre Projektor ratterte und knatterte im Rhythmus der auf den Gleisen holpernden Straßenbahn. Ansonsten ein Film ohne Ton. Nur mit der Stimme des Sprechers unterlegt, der in einer Art trancehafter Beschwörung das wieder zum Leben erweckte, was verschlafen, verstaubt – aber noch nicht vermodert – partout nicht der Vergessenheit anheimfallen wollte.

Schlussendlich schwieg Hubertus, blickte das Mädchen so direkt an, dass sie, als hätte er sie wie ein Magier in einer Hypnose gefangen gehalten und viel zu schnell wieder aufgeweckt, fast erschrak.

Er lächelte matt: »So, jetzt sind wir wieder in die Realität zurückgekehrt.«

»Und ich rieche genauso wie deine schwangere Frau gerochen hat? Ist ja schräg.«

Sie sagte es leise, fast sanft, fast mitfühlend. Aber eben nur fast. Denn sie streckte sich, schüttelte den Kopf, als wollte sie etwas sie Beengendes loswerden und fügte hinzu: »Du hast mein Mitempfinden für das, was da alles passiert ist. Ist ja echt schrecklich. Danke, dass du so ehrlich zu mir warst. Aber trotzdem: Mit mir hat das alles doch eigentlich nichts zu tun. Oder?«

Hubertus hätte Folgendes gern gewusst:

- Kann ein Geruch wiedergeboren werden?
- Nur der Geruch?
- Sonst nichts?
- Und wenn dem so wäre: Zu welchem Zwecke?

Bei der nächsten Haltestelle stiegen sie aus. Kalliope meinte, es seien nur ein paar Minuten zu ihrem Zuhause, einer Wohngemeinschaft in einem Appartement, das sie mit drei jungen Leuten teilte. Sie lud ihn zu sich ein. Er stieg hinter ihr die Treppe des alten Mietshauses bis in den dritten Stock empor. Das Haus, so roch er, musste um das Jahr 1900 errichtet worden sein und war wohl ein typisches Substandard-Haus mit Kleinwohnungen und WC auf dem Gang gewesen. Im Laufe der Zeit waren die Wohnungen, wie in vielen Wiener Mietshäusern, zu Standardwohnungen zusammengelegt worden. So auch das Appartement, das Kalliope dann öffnete. Hohe Räume, alte Türen, unebener, altmodischer Parkettboden.

In der Küche bereitete Kalliope Kaffee zu, dann setzten sie sich ins gemeinschaftliche Wohnzimmer, dessen

Geruchsarchitektur sich Hubertus in sein Notizbuch aufzunehmen vornahm: Möbel vom Flohmarkt, Ziergegenstände aus dem India-Shop, Party, Jugend, Rauchen, Studieren, Trinken, Bücher, Zeitschriften, gebrauchtes Geschirr, zwei leere Pizzakartons auf dem Boden, daneben eine halbvolle Flasche Rotwein.

»Und jetzt bist du dran«, sagte Hubertus, »was hat es mit diesem David auf sich?«

36

Der Ruhm des David Kramer.

David Kramers Eltern kamen aus einfachen Verhältnissen und arbeiteten in einem Kleiderfachgeschäft in der Innenstadt von Linz. Als Verkäufer hatten sie angefangen, nun führte sein Vater die Herren-Abteilung, seine Mutter die Damen-Abteilung. Für das, was die Eltern da verkauften, interessierte sich der heranwachsende David nicht im geringsten. Die Kleidung, die das Geschäft anbot, hatte mit dem, was Mode für ihn bedeutete, nichts zu tun. Sein Vater hatte für ihn eine Kaufmanns-Lehre im Betrieb arrangiert, aber David wusste, dass er den Beruf seiner Eltern niemals ausüben würde.

»Ich werde doch nicht so ein kleiner Kleidungsverkäufer und stehe den ganzen Tag in diesem Geschäft herum. Buckeln vor der Kundschaft. Nein danke! Ich werde Designer!«

Der Streit mit seinen Eltern, die das, was sie für sich aufgebaut hatten, nun von ihrem einzigen Sohn in den Dreck gezogen sahen, war für den fünfzehnjährigen David eine Bewährungsprobe. Er wollte Mode studieren. Als er trotz aller Aufmüpfigkeit nichts erreichte, machte er eine Schneiderlehre und zog nach seiner Volljährigkeit in einen Randbezirk von Linz. Der war hauptsächlich für Laufhäuser, Massageinstitute und Bordelle bekannt. In dieser Atmosphäre der erotischen Lockungen hielt er sich einige Jahre durch Ausbesserungsarbeiten und kleine Nähaufträge finanziell über Wasser.

Bis er Kalliope kennen lernte. Sie war damals 17 Jahre alt. Wagemutig und lebensfroh hatte sie an diesem Kleider-Künstler sofort Gefallen gefunden. Sie zog, gegen den Willen ihrer besorgten Eltern und gegen den Ottos – des gleichaltrigen Nachbarburschen, den sie zu dessen Bedauern nur wie einen Bruder mochte –, in den anrüchigen Bezirk zu David. Und unterstützte ihn fortan mit ihrer Zuneigung und ihrem Überschwang in seiner Überzeugung, ein echter Designer zu werden.

Er war durchaus kreativ und hatte das Talent, außergewöhnlich eindrucksvolle Entwürfe seiner geplanten Kreationen zu zeichnen.

»Das wäre was für Dior. Oder Chanel. Da bin ich sicher«, war Kalliope begeistert.

Sie verschickten die gezeichneten Entwürfe in Unkenntnis eines anderen Weges an berühmte Modehäuser, an Dior, Chanel, Armani, Prada, Louis Vuitton, Yves Saint Laurent. Nach einem guten Jahr des vergeblichen Wartens auf eine Antwort sandten sie seine Entwürfe an Kaufhausketten und Konfektionshersteller. Sie bekamen keine einzige Rückmeldung.

Auf einer fußbetriebenen alten Nähmaschine schneiderte er schließlich die Kleider, die seinen Vorstellungen von Extravaganz und Ausgefallenheit entsprachen. Die dazu benötigten Materialien beschaffte er sich aus Humana-Containern, die er nächtens mit Kalliope als Hehlerin heimlich durchwühlte. Er fand schimmernd-changierende Seidenstoffe, handgeklöppelte Spitze, Pelzbesätze, funkelnde Strassstückchen, weiche Samtstoffe, feinstes Musselin, betörend fallenden Chiffon. Kalliope richtete ein e-bay-Konto für ihn ein, schuf ihm eine Homepage, bot seine Kollektion an. Doch der Erfolg blieb aus. Niemand interessierte sich für seine Kreationen.

Auf einer weiteren nächtlichen Tour auf der Suche nach alten Stoffen entdeckten die beiden auf dem Sperrmüll eine alte hölzerne Kleiderpuppe, patiniert, mit brüchigem Leinenstoff bezogen. Von da an tingelten sie über Floh- und Kunstmärkte, präsentierten Davids Kreationen, elegant drapiert auf der alten Puppe, verteilten Flyer an die Leute, die stehenblieben und die außergewöhnlichen Modeschöpfungen bewunderten … aber nach wie vor kaufte niemand auch nur ein einziges Kleid. Sie verdienten absolut nichts mit den Künsten des nimmermüden Designers.

Die besondere Atmosphäre, in der sie lebten, der Austausch mit den eigenartigen Bewohnern des Bezirks, die Begegnungen mit echten und was-auch-immer-Künstlern auf den Märkten hatten in Kalliope etwas in Bewegung gebracht. Davids Misserfolge als Designer bedrückten das Zusammenleben der beiden. Er wurde gereizt, hatte kein Interesse mehr daran, mit Kalliope über deren Leidenschaft – die Zusammenhänge von Materie, Urstoff, Elementarteilchen und dem sich daraus ergebenden Sinn oder Unsinn der Welt – zu philosophieren. Mehr und mehr zog sie sich in sich selbst zurück, in ihre eigene Welt, eine Welt des Schweigens und des Schreibens. Sie begann, experimentelle Essays zu erstellen und besuchte als außerordentliche Hörerin Physik-Vorträge an der Universität. Sie sah sich als stille, wortlose, inspirierende Muse des Designers, die im Verborgenen an ihrer schriftstellerischen Karriere arbeitete und ein Buch über die Mystik der Quanten schreiben wollte.

David hatte sich im Laufe der Jahre, seit die beiden zusammen lebten, daran gewöhnt, dass Kalliope ihm zu Diensten war. Dass sie ihre Matura gemacht hatte, nebenbei im Internet für eine Content-Agentur nächtelang Texte schrieb und mit dieser Arbeit die Haushaltskosten deckte, beachtete er kaum.

»Ich bin Künstler, nicht Buchhalter«, sagte er, wenn sie ihn gelegentlich auf die Geldknappheit hinwies.

Bis tatsächlich eines Tages das geschah, womit David nicht mehr wirklich gerechnet hatte.

Er war allein auf den Flohmarkt gegangen, Kalliope war zuhause geblieben. Wieder einmal sah er einen Tag auf sich zukommen, der ihn in seiner Rolle des unverstandenen, unerkannten, unentdeckten Künstlers bestätigen würde. Doch dann: Ein Paar, zwei Männer, kam an diesem strahlend schönen Sonntag an seinem Stand vorbei und kaufte die auf der Kleiderpuppe drapierte Kreation. Mitsamt der Puppe.

»Ich habe gepokert«, sagte er, berauscht von seinem Erfolg, zu Kalliope. »Ich habe viel zu viel verlangt. Echt viel zu viel. Ich wollte sie beeindrucken, wie begehrt meine Sachen sind. Also, die haben bezahlt. Ohne zu verhandeln. Wahrscheinlich habe ich ihnen gefallen. Sie haben mit mir geflirtet. Homosexuelle, irgendwie freakig. Haben mich eingeladen, sie mal zu besuchen. Schau, der ältere hat mir seine Visitenkarte gegeben.«

Kalliope betrachtete ihren Freund schweigend. Ja, er sah gut aus. Eigentlich sehr gut. Ja, er war ein wenig eingebildet. Eigentlich sehr eingebildet. Sie überlegte, ob er ausschließlich heterosexuell war. Nun, sie entschloss sich jedenfalls, dieses freakige Pärchen zu besuchen. Sie warf nochmals einen Blick auf die Visitenkarte, die David ihr wie eine Trophäe zwischen seinen Fingern eingeklemmt entgegenstreckte, prägte sich die Adresse ein und sagte: »Jetzt machst du in Schwulenkreisen Karriere, die wissen deine Kleiderkunst wenigstens zu schätzen. Für Normalos machst du viel zu tolle Sachen.«

David ließ die Schmeicheleien gerne über sich ergehen.

»Und die alte Puppe?«, fragte sie.

»Ach, sowas finden wir schnell wieder.«

So ging sie an einem der folgenden Tage, nachdem sie auf der Uni eine Physik-Vorlesung besucht hatte, zu der Adresse im Linzer Altstadtkern. Sie betrat das gepflegte Patrizierhaus, ging die elegante Marmortreppe hinauf, klopfte an der hochglanzlackierten hellblauen Tür.

»Haben Sie dieses Kleid, dieses Designer-Stück gekauft? Von meinem Freund? Auf dem Flohmarkt? Letzten Sonntag?«

Man bat sie herein. Servierte Mokka in kleinen Tässchen. Bot entzückende, verlockende Petit Fours an. Kalliope sah sich in dem bizarr dekorierten Wohnraum um. Davids Kleiderpuppe stand, nackt und ohne des Künstlers Designer-Kleid, als Solitär in einer Ecke, von einem verborgenen Spot angestrahlt.

»Wo ist denn das Kleid?«

»Das Kleid … ach, Entschuldigung … das haben wir weggeworfen. Aber die Puppe, also die ist ein echtes Sammlerstück. Zwanzigerjahre. Wunderschön, nicht wahr?«

Kalliope aß noch ein paar Petit Fours, trank noch eine weitere Tasse Mokka. Erzählte von ihrer Experimentalliteratur. Ließ, als sie ging, ein kopiertes Exemplar ihres letzten Textes auf dem kleinen Couchtischchen neben ihrer Mokkatasse liegen. Ohne Namen, ohne Adresse. Sie wollte keinen Ruhm.

Auf der Straße vor dem ehrwürdigen Haus begann sie zu weinen. Diese junge Frau, die vor nichts Gefährlichem zurückschreckte, deren Übermut und Wagemut ihren Eltern schlaflose Nächte bescherten, hatte auf einmal Angst. Angst, nach Hause zu gehen. Angst, David zu erzählen, dass sein erster Erfolg tatsächlich ein Misserfolg war. Sie fürchtete sich vor ihm. Dieser David, dem sie bedingungslos ihre Zuneigung, ihre Arbeitskraft, ihren Willen zum Kämpfen (den sie als überlebendes Frühest-Frühchen körperlich unter Beweis gestellt hatte) schenkte, hatte sich im vergangenen Jahr in einen übellaunigen, herrschsüchtigen und narzisstischen Menschen verwandelt, der keinen Widerspruch duldete. Auch nicht den von Kalliope. Sie hatte sich ihm gegenüber eine Stille angewöhnt, die ihrer Natur so gar nicht entsprach.

Sie wusste nicht wirklich, wie sie ihm das Vorgefallene erklären sollte. Unschlüssig ging sie zum Abfalleimer, der vor dem schönen alten Haus stand, offenbar war heute Müllabfuhr-Tag. Die beiden Schwulen hatten das Kleid weggeworfen? Sie öffnete den Deckel, sah hinein. Leer. Wieder kamen ihr die Tränen.

Eine vorbeikommende Frau blieb bei ihr stehen.

»Kindchen, was ist denn los? Was haben Sie denn?«

Vollkommen unzusammenhängend und durcheinandergewürfelt erzählte Kalliope schluchzend und schniefend von Physik-Vorlesungen, alten Schneiderpuppen, Designer-Kleidern. Von Dior und Chanel, von Content-Agenturen und Experimentalliteratur, von Schwulen und Humana-Containern. Von einem jähzornigen Designer und einer leeren Haushaltskasse. Wie es dieser äußerst geduldigen, herzensguten unbekannten Frau gelang, aus dem konfusen Wirrwarr Kalliopes das herauszuhören, was wirklich geschehen war, war ein Rätsel. Es ließe sich dies vielleicht auf den ersten Blick mit dem Wunder der Quanten und Strings erklären. Und der Möglichkeit, dass Informationen sich tatsächlich schneller als mit Lichtgeschwindigkeit und vor allem in wesentlich geordneterem Zustand bewegten, als dies Kalliopes Worte taten oder die Chaostheorie postulierte.

Das Rätsel und das Wunder hatten indessen einen Hintergrund: Die Frau hatte vor ein paar Tagen, als sie sah, wie einer der beiden Männer das Kleid in den Abfall warf, dieses wieder herausgefischt und hinsichtlich einer weiteren Verwendung begutachtet.

»Ich habs herausgenommen. Angeschaut. Ich dachte mir, was die da immer so wegschmeißen, das kann man vielleicht noch verwenden. Ich bin eine andere Generation, wissen Sie? Ich schmeiß nicht so schnell Sachen weg, die man noch verwenden kann.«

Die ältliche Frau tätschelte beruhigend den Arm Kalliopes.

»Also, wenn Ihnen wirklich so viel an dem Kleid liegt, dann wird meine Schwester es Ihnen sicherlich wieder geben. Der habe ichs nämlich geschenkt.«

Sie schrieb eine Adresse auf einen Zettel und gab ihn Kalliope: »Gertrude Haberleitner. Schrebergartensiedlung. Kleingarten. Dort wohnt sie. Nicht ganz erlaubt, das ganze Jahr über dort zu wohnen. Aber was solls. Sie will das so.«

Die Mütterlichkeit der Frau ließ Kalliope von Neuem weinen, diesmal vor Freude und vor Glück. Und just in diesem Moment fragte sie sich zum ersten Mal in ihrem Leben, ob es so etwas wie das Glück gab. Glück nicht als menschliche Zustandsform, als Glücklichsein, denn sie betrachtete sich als glücklichen Menschen (zumindest bis

David angefangen hatte, missmutig zu werden). Sondern Glück im Sinne von glückhaften Zufällen, Fügungen, Übereinstimmungen … und dem Wunder des Zusammentreffens von ihr hier auf dieser Straße mit dieser Frau. Kalliope umarmte die Frau, erinnerte sich an ihre eigene Mutter, die sie demnächst wieder einmal besuchen sollte. Vielleicht über die Weihnachtsfeiertage. Sie verabschiedete sich von ihr und machte sich auf den Weg zu der Schrebergartensiedlung.

Kalliope hatte eine kindische Schwäche für Schrebergärten. Die Miniatur-Gartenflächen, die Übersichtlichkeit, die Kieswege. Die Sorgfalt, mit der die Vorgärten gepflegt, die Blumenbeete arrangiert, die Hecken zurechtgestutzt waren. Die Gartenzwerge. Die Gießkannen. Die mit Plastik abgedeckten Griller. Die zusammengeklappten Gartenstühle und -tische, mit Planen vor möglichem Regen oder Staub geschützt. Die Zäune, mit denen das eigene kleine Reich vom jeweiligen Nachbarn abgegrenzt war. Eine überschaubare, ordentliche Welt, in der nichts dem Zufall – welchem auch immer – überlassen wurde. Sie suchte und fragte nach dem Weg, blieb schließlich vor einem Gartenabteil stehen, auf dem sich ein liebenswertes Holzhäuschen inmitten von prächtig tragenden Kirschbäumen befand. Zwischen den Kirschbäumen stand eine Holzkonstruktion als Vogelscheuche. Und die trug Davids Kleid.

Sie rief mehrmals über den Zaun, denn eine Klingel gab es nicht. Nach einer Weile erschien eine Frau, die eine entfernte Ähnlichkeit mit der netten Alten hatte. Offenbar besagte Schwester.

»Sind Sie Frau Gertrude Haberleitner?«

Die Frau nickte. Wesentlich zusammenhängender und bar jeden Wirrwarrs erzählte Kalliope, worum es ihr ging.

»Und jetzt verwenden Sie das Kleid als Vogelscheuche? Finden Sie es wirklich so potthässlich?«, fragte sie teils schüchtern, teils verärgert.

»Was soll ich Ihnen sagen, liebes Kind, die Vögel sind jedenfalls weg. Seit das Kleid da hängt, kommen keine Vögel mehr, um meine Kirschen wegzupicken. Sowas hab ich noch nie erlebt. Ein toller Erfolg. Meine Kirschen hab ich dieses Jahr endlich für mich allein.«

»Und würden Sie mir das Kleid wieder geben?! Ich kaufe es Ihnen ab?!«

Doch die Frau blieb hartnäckig: »Nein, tut mir sehr leid, liebes Fräulein, aber meine Kirschen sind mir wichtiger.«

Gertrude Haberleitner ließ sich nicht umstimmen. Kalliope, ohnehin niemals gewillt, jemanden von etwas zu überzeugen, das gegen dessen Haltung stand, nickte nur stumm. Machte sich auf den Heimweg. Erzählte David, was passiert war.

Eine Woche später hatte der frustrierte Designer sich insofern beruhigt, als er einen Ausflug in die Schrebergartensiedlung machen wollte, um Frau Haberleitner mit Nachdruck um die Herausgabe seines Kleides zu bitten.

»Mein Kleid als Vogelscheuche. Na, soweit lassen wir es noch kommen. Das wäre ja noch schöner.«

Die Umgebung der Kleingartensiedlung war vollgeparkt. Mehrere Autos standen in zweiter Spur. Zwei Kleinbusse des Österreichischen Rundfunks blockierten die Zufahrt. Kameraassistenten, Kabelträger, wichtige und unwichtige Crewmitglieder des Fernsehteams beaufsichtigten die Menschenmenge, die sich angesammelt hatte. Eine

Dokumentation über Schrebergärten wurde gedreht. David, gutaussehend, geltungssüchtig und nicht so leicht einzuschüchtern, bahnte sich seinen Weg.

»Ich bin Designer. Mein Werk steht dort drinnen«, sagte er mit dem dünkelhaften Aufhebens, das er sich angewöhnt hatte.

Kalliope erinnerte sich an den fast schüchternen jungen Künstler, an dem sie vor knapp drei Jahren Gefallen gefunden hatte. Von dem war nicht mehr viel erkennbar. Aber hier und jetzt war sein Gehabe von Vorteil. Man ließ ihn tatsächlich durch.

Kalliope führte ihn zum Grundstück von Frau Haberleitner. Und dort trafen sie auf das Filmteam. In erlaubter Entfernung blieben sie stehen und beobachteten, wie Frau Haberleitner über die magische Vogelscheuche interviewt wurde, dank derer sie ihre Kirschen dieses Jahr endlich für sich allein hatte. Innerhalb eines Monats nach Ausstrahlung der Reportage entwickelte sich ein Bombengeschäft für David, der zum Star-Designer von Trend-Vogelscheuchen avancierte. Er bekam so viele Aufträge, dass er sie kaum mehr bewältigen konnte. Jeder Gartenbesitzer wollte eine Vogelscheuche à la David Kramer.

Als er von Kalliope verlangte, ihre gesamte Zeit ausschließlich ihm und seiner Karriere zu widmen, verließ sie ihn.

»Du brauchst mich nicht mehr als Freundin. Du brauchst jemanden, der dir assistiert. Und das ist mir für eine Beziehung zu wenig. Viel zu wenig.«

Sie packte ihre Sachen und zog nach Wien.

37

Hubertus hat Kalliope zum Abendessen eingeladen.

Eine gut gekühlte Flasche Rotgipfler.

Vorspeise: Rukkolasalat mit Feigen, Pinienkernen und Parmesan.

Hauptspeise: Gedünsteter Zander, frisch vom Naschmarkt. Wildreis aus Bioanbau. Gedünstete grüne Bohnen, ebenfalls Bio.

Als Nachspeise: Zabaione mit wilden Walderdbeeren.

Hubertus kochte ausgesprochen gern und oft. Aber niemals Wildbret.

Kalliope sah ihm zu, beobachtete konzentriert, fast ehrfurchtsvoll sein routiniertes Tun.

»Wenn du mich so beobachtest wie jetzt«, sagte Hubertus, »habe ich das Gefühl, du bist ein Insektenforscher und untersuchst, wie du mich sonderbare neue Spezies sezieren kannst.«

»Als Mann, der so kocht wie du, bist du eine sehr sonderbare Spezies für mich«, lachte sie.

Beim Essen erklärte sie ihm dann, dass sie sich momentan auf das Zuschauen, Beobachten und speziell das Sehen konzentriere. Nicht wissenschaftlich. Nicht literarisch. Einfach nur so.

»Klar schau ich dir zu, wenn du so kochst, wie du kochst. Ich seh gern Menschen an. Weißt du doch. Mach ich bei meinen Straßenbahn-Touren ja auch. Ob jemand was mit

Hirn macht oder einfach nur routinemäßig. Die meisten sind so in ihrem Trott gefangen, dass sie schon stinken. Das musst du ja wohl am ehesten riechen. Außerdem, wer weiß, vielleicht wirst du mal in meinem Roman die Hauptfigur.«

»Als Quantenphysiker?«

»Nein, davon verstehst du ja nichts.«

»Meistens verstehe ich sowieso überhaupt nicht, warum Menschen das machen, was sie machen.«

Sie lachte.

»Und ich seh mir einfach gern Dinge an. Frage mich dann, was ich da eigentlich sehe. Nichts. Nur Photonen, die hin und her knallen. Wenn wir Dinge sehen, dann sehen wir nur Photonen, die von dem Ding abprallen. Wir sehen das Ding nur, weil die Photonen etwas in unserem Auge bewirken. Wir nehmen mit unseren Augen Informationen auf, die nicht von dem Ding kommen, sondern von Photonen geliefert werden.«

»Photonen Glyphe/Gleichheitszeichen Quanten-Teilchen.«

Sie lächelte.

Hubertus sah ihr an, dass sie auf ihren Verstand stolz war. Er fand das durchaus liebenswert.

»Unser Gehirn«, fuhr sie fort, »detektiert dann diese Informationen. Also, was ich damit sagen will: Wir sehen nicht das Ding, das wir anschauen, sondern wir sehen eigentlich nur die abprallenden kleinen Objekte. Wie das Ding wirklich aussieht, wissen wir nicht. Wir bekommen lediglich Informationen quasi aus zweiter Hand.«

»Wenn ich das richtig verstehe«, versuchte Hubertus zusammenzufassen, »dann ist das so: Das Ding, das wir anschauen wollen, steht irgendwo. Photonen fallen drauf, prallen ab, kommen in unser Auge. Ich nehme an, vom

Weg der Photonen bis zu unserem Auge gehen schon mal Informationen verloren. Dann leitet unser Auge die Informationen zum Hirn, wobei wieder einige Informationen verloren gehen. Unser Gehirn macht daraus irgendwas, was mit den bisherigen Informationen, die dort gespeichert sind, ein logisches Etwas ergibt. Da gehen auch wieder Informationen verloren. Unverständliches oder Unbrauchbares, für das keine Software in unserem Hirn ist, wird rausgefiltert.«

Das Gespräch über dieses an sich komplexe wissenschaftliche Thema, das er so ganz unwissenschaftlich führen konnte, erfrischte Hubertus. Keine Fachidiome, keine Formeln, keine Fußnoten. Kalliope, klug und witzig, hatte ihm gestanden, dass sie ›gar nicht richtig‹ Physik studierte, sondern sich einfach nur heimlich in die Vorlesungen schlich, die sie interessierten.

»Und dann liefert das Gehirn das Ganze an unseren Verstand, an unser Bewusstsein«, setzte sie seinen Gedankengang unbekümmert fort, »und das filtert auch wieder Sachen raus, die sinnlos sind, beziehungsweise unverständlich.«

»Also folgert daraus, dass das, was ich sehe, mit der Wirklichkeit, wenn es sowas wie Wirklichkeit überhaupt gibt, nicht übereinstimmt.«

»Logisch.«

»Das ist beim Gehör genauso. Schallwellen und so weiter. Da kenne ich mich nicht aus. Aber beim Geruchssinn: Riechen ist eine chemoelektrische Transduktion. Beim Riechen wird ein chemisches Signal – Duftmoleküle an Riechzellen – via Nervenzellen in ein elektrisches Signal umgewandelt. Die Riechzellen sind sowas wie ein Dolmetscher, der die chemische Sprache in eine elektrische umwandelt. Möchtest du noch mehr hören?«

»Klar, mach weiter, du dozierst so nett«, neckte sie ihn.

»Okay. Also dann gehts mit dem elektrischen Impuls über die Axone, das sind Zellfortsätze, zu Riechnerven, die ins Gehirn ziehen. Über ein Siebbein, das auch wie ein Sieb aussieht. Durch das ziehen sich die Riechnervenfasern durch, zum Riechkolben. Dort werden die Informationen in Riechknötchen gesammelt und zu einem Geruchsmuster verarbeitet. Mitralzellen, das sind weiterführende Nervenzellen, leiten dann die Information weiter durch die Riechfurche in das Riechhirn. Dort wird alles neu berechnet, aussortiert und neu verpackt. Und irgendwann wissen wir dann, was wir riechen.«

»Zum Beispiel leckeres Essen. Oder diesen Wein. Schmeckt großartig. Ach, wir sind doch bloß Chemie und Physik. Schon komisch, wenn ich mir vorstelle, dass ich sowas wie ein Alien bin, eine Art Computer mit Software und Hardware.«

Plötzlich fing sie schallend zu lachen an: »Und mit einem Siebhirn. Mein Gott, das Siebbein. Ist ja köstlich. Dann stimmts also, wenn man sagt, dass einer ein Hirn wie ein Sieb hat.«

Ihre Ausgelassenheit übertrug sich auf ihn. Nicht die Photonen, die von ihrem fröhlichen Gesicht in seine Augen prallten. Nicht die Schallwellen, die sein Gehör trafen. Nicht die Pheromone ihrer durch das Lachen aktivierten Hormonausschüttung. Etwas anderes machte ihn in ihrer Gegenwart beschwingt, das mit all der Physik, Chemie, Reizübertragung und Hormonausschüttung, mit denen er seine verschiedenen Gemütszustände stets deutete, nichts zu tun hatte.

Was war es, das er in ihrer Gegenwart spürte? Sinnlichkeit? Er kam sich schamlos vor, als dieses Wort so klar und unzweifelhaft in seinem Denken auftauchte.

Es wäre, so nahm er an, vielleicht gar nicht so unmöglich, sie nun zu verführen. Gleichwohl wusste er, dass diese Sinnlichkeit keine war, die sich auf körperlicher Rangstufe entfaltete. Vielmehr diagnostizierte er – als wäre jetzt er der Insektenforscher, der sich selbst sezierte und seine hormonellen Ausschüttungen analysierte – eine pure und reine, fast asketische, genüssliche Empfindung, deren Provenienz er der Hintergrundmusik, dem gemeinsamen Abendessen, dem leichten Plaudern und dem Lachen zuschrieb.

Essen und Erotik hingen selbstverständlich eng zusammen, konnten die Seele verwöhnen und stimulieren. Schließlich wurden bei der Nahrungsaufnahme dieselben Sinne benutzt wie bei leidenschaftlichen Begegnungen. Hände tasteten, Zungen schmeckten, genossen süßlich-sündige Aromen. Und dann auch noch der Wein, dachte Hubertus, das Lustgetränk der Götter.

Der Abend war von unverbindlicher Gelassenheit, von feinem Gleichmut gewesen. Mit einem Male empfand Hubertus eine ungewisse Scheu vor der Vergeblichkeit. Er war sich, bei aller Anziehungskraft, die Kalliope – dieses junge Ding – auf ihn ausübte, vollkommen klar darüber, sich weder in sie ›verschaut‹ zu haben, noch ihr erotisch näher sein zu wollen. Er war als Mann in einem Alter, in dem ihn sein Testosteron nicht mehr so bedingungslos benebelte, wie das in jungen Jahren der Fall gewesen war. Zudem war er zu sehr Wissenschaftler, um sich nicht wegen der gelegentlichen Anschwellungen seines Gemächts beim

Anblick eines schönen Frauenhinterns unpassend und lächerlich vorzukommen.

Es kam ihm vor, als weckten – ganz unwissenschaftlich ausgedrückt – Sehnsuchts-Rezeptoren in ihm ein Potential, das er immer in sich getragen hatte. Das Wort Sehnsucht schien ihm gleichwohl so hochtrabend, dass er, um sich auf den Boden der Ausgeglichenheit zurückzuholen, nach David und dessen Vogelscheuchen-Karriere fragte.

»Oh … der«, sagte Kalliope, »hat schon wieder Pech gehabt, irgendwie. Stell dir vor, seine Vogelscheuchen funktionieren nur in Kombination mit Kirschbäumen. Bei anderen Obstbäumen gehts nicht.«

Sie hob die Schultern, als bekümmerte es sie nicht sonderlich. Sie hatte gestern in ihrem Spam-Folder ein Mail gefunden, das David ihr schon im Oktober geschickt hatte und in dem er sich über die unglückselige Wendung seiner Karriere beklagte. Sie hatte das Mail nicht beantwortet.

»Mich freuts, ehrlich gesagt«, sagte Hubertus, »ich hatte schon befürchtet, dass ich meinen Beruf an den Nagel hängen muss.«

»Warum denn das?«

»Wenn Davids Vogelscheuchen den Zweck erfüllt hätten, Schädlinge fernzuhalten, dann hätten wir mit der Pflanzenschutz-Pheromon-Forschung aufhören können.«

Er meinte es nicht ernst. Sie lachte. Als er ihren Atem auffing, der im Rhythmus ihres Lachens in Teilportionen durch den Raum zu ihm stieß, dachte er auf einmal, dass vielleicht die Quantenverschränkung eine Interpretationsmöglichkeit seines Interesses an ihr wäre.

38

»Jede Theorie, die die Quantenverschränkung mit einem Übermittlungsmechanismus zu erklären versucht, muss wahrhaftig spukhaft sein. Womöglich spukhafter als die Quantenmechanik selbst.«
Terence Rudolph

Als Kalliope kurz ins Badezimmer ging, googelte Hubertus den Spuk der Teilchen-Verschränkung. Als Wissenschaftler war er durchaus kein Fachidiot. Blindlings und ausschließlich dem Gebiet der Geruchsforschung ergeben war er keinesfalls. Andere universitäre Zweige, wissenschaftliche Gebiete und akademische Leistungen, Fakultäten, Versuchsreihen und labortechnische Erkenntnisse welchen Gebiets auch immer weckten seine Neugier. Die Quantenmechanik jedoch, die Theorie, dass es Materie im herkömmlichen Sinne nicht mehr gab, war ihm nur aus den in jüngster Zeit gehäuften Berichten aus Boulevard-Zeitungen bekannt.

Mit einer nicht zu ihm passenden Beklommenheit hatte er sich der neuen Möglichkeit der Quantenphysik gegenüber desinteressiert gezeigt, hatte sich davor gescheut, einer Theorie Raum zu geben, die wahr sein könnte. Die er nicht wahrhaben wollte.

Einstein bezeichnete die Phänomene der Quantenverschränkung als spukhafte Fernwirkung, die er zeit seines Lebens ablehnte und hoffte, die klassische

Physik würde sie eines Tages erklären. Physiker waren sich seither nicht einig, ob das Ganze überhaupt einen Sinn ergab. Die Essenz der spukhaften Fernwirkungs-Theorie war die Tatsache, dass zwei Quanten in absoluter Gleichzeitigkeit miteinander verschränkt sein konnten. Bei zwei in weitester Entfernung voneinander befindlichen Teilchen waren ihre Zustände vollkommen identisch oder einander ergänzend. Änderte eines seinen Zustand (beziehungsweise: wurde sein Zustand durch Messung festgelegt), so wies sein Zwillings-Teilchen ebenfalls in demselben Moment den korrespondierenden Zustand auf, unabhängig davon, wie weit die beiden voneinander entfernt waren. Gerade so, als seien sie in permanenter Verbindung miteinander, als liefe ihre Informationsübermittlung jenseits aller natürlichen Geschwindigkeiten, jenseits der Lichtgeschwindigkeit.

39

Bambimörder.

In der Volksschule hatten sie Hubertus Bambimörder genannt. Er verlegte sich darauf zu behaupten, er sei Vegetarier. Seine Schwester hatte am vergangenen Wochenende beim gemeinsamen Mittagstisch das Essen von Fleisch verweigert. Die väterlichen Folgen waren vorauszusehen: Sie musste das Servierte hinunterwürgen, unter dem drohenden Blick des Vaters. Sie weinte nicht. Anschließend kotzte sie alles auf der Toilette wieder heraus.

Wochentags verlief das Mittagessen – gehetzt, wie stets kurz vor Beginn des Mittagsbetriebes im Restaurant – einsam für Hubertus. Seit Sophia ins Gymnasium ging, aß sie in der Schulkantine. Das ihr mitgegebene Brot mit Hirschschinken warf sie weg. Sie kaufte sich Käsesemmeln, Müsliriegel, Zimtschnecken, Krapfen. Das Geld dafür stahl sie dem Vater aus der Geldbörse. Ihr Taschengeld war knapp.

Bambimörder war ihm lieber als Huppsi. Dagegen konnte er sich wehren, indem er aus dem ihm ebenfalls mitgegebenen Jausenbrot den Schinken herausnahm und seinen Schulfreunden schenkte. Die freuten sich. Die Ware des *Hubertus* war bekannt gut.

Als er in die nächstgelegene größere Bezirksstadt aufs Gymnasium ging, wurde es besser. Am ersten Schultag fuhr er gemeinsam mit Sophia im Bus in die Schule. Sie war fünf Klassen über ihm.

»Du hast dort keine Vergangenheit«, sagte sie ihm während der Fahrt, »du bist so neutral wie alle anderen auch. Keiner ist mit irgendjemandem verwandt, du hast einen absoluten Neubeginn vor dir.«

Sie hatte ihm eingeschärft, nur Hochdeutsch zu sprechen.

»Sonst bist du dort immer das Landei«, warnte sie ihn.

Seit damals, seit seinem ersten Schultag im Gymnasium, hatte er sich also eine neue Aussprache wie eine zweite Welt zu eigen gemacht. Eine Welt, die er mit Sophia teilte. Das Hochdeutsche, das er unter Sophias strengem Diktat schon immer geübt hatte. Mit Rainer Maria Rilkes Gedichten, die sie ihm vorgelesen hatte, nachts, wenn die beiden allein waren. Die Gedichte hatte er nicht wirklich verstanden. Sie hatten ihn mit ihrem geheimnisvollen Sprachfluss in ein rätselhaftes Universum entführt, in dem Sophia zu Hause war. Ein Universum, in dem Sophia vergessen wollte, was sie nie vergessen konnte.

Mit dem Vater, der Mutter, den Gästen im Restaurant sprach Hubertus im Dialekt. Sophia nicht.

»Eingebildete Affen«, so die Häme des Vaters über die Wiener, die ins *Hubertus* kamen und in ihrer Schriftsprache miteinander redeten. Sein Prahlen, dass seine Kinder aufs Gymnasium gingen, stand dazu in augenfälligem Gegensatz.

»Wir sind keine Piefke. Wir sind stolz auf unsere Heimat«, brüllte der Vater Hubertus an, als der ihm erstmals auf Hochdeutsch geantwortet hatte. Hubertus hatte ihm damals nicht zu widersprechen gewagt, dass ja auch Sophia das ›durfte‹. Sie durfte es nicht, ihr jedoch war das gleichgültig.

Später dann, als er nach jenem 16. November vor zwanzig Jahren nach Wien gezogen war, verblasste seine Muttersprache vollends, die für ihn nichts Mütterliches bedeutete, sondern verbunden war mit einer Identität, die ihm nichts galt.

40

Warum haben dich deine Eltern Kallipoe genannt? Ein seltener Name. Schön und selten. Nach der griechischen Muse?«

»Nicht nach der Muse, sondern nach einem Asteroiden. Ein englischer Astronom hat den irgendwann entdeckt, nach ihm wurde dann auch ein Mondkrater benannt. Also, mir ist es lieber, nach einem Asteroiden benannt zu sein als nach einem Mondkrater. Mondkrater … allein schon das Wort hört sich beknackt an.«

»Ach ja, noch etwas wollte ich dich fragen. Wie hast du eigentlich wissen können, dass ich Deutsch spreche? Damals auf der Piazza?«

Sie lächelte nachsichtig und berichtete von offensichtlichen Hinweisen: der Prospekt vom Tränen-Vortrag auf dem Café-Tischchen, die österreichische Zigarettenpackung, das Wegwerf-Feuerzeug mit dem Schriftzug eines Wiener In-Lokales.

»Kein Mysterium. Nichts mit Quantenübertragungen. Einfach nur Hinweise aufschnappen«, sagte sie, »war nicht so schwer.«

Wieder einmal wurde er sich ihres liebenswerten Stolzes auf ihren Verstand bewusst.

41

Am nächsten Tag gab Hubertus den Asteroiden Kalliope in eine Suchmaschine im Internet ein. Entdeckte, dass der an einem 16. November entdeckt worden war. Und plötzlich wusste er, welchen offensichtlichen Hinweis er in jenem Café nahe dem Stephansplatz in Wien übersehen hatte, als Kalliope Sekt und Canapés bestellt hatte. Sie hatte mit ihm auf ihren Geburtstag angestoßen.
Wie ein Blitzschlag offenbarte es sich ihm:

- Florenz
- auf der Piazza
- an einem 16. November
- genau zwanzig Jahre danach
- der Tag von Kalliopes Geburt

Meine Erinnerung schwächelt, meine Synapsen schwächeln, dachte er verwirrt. Neuronennetze … neurogene Systeme … synaptische Plastizitäten … Aktionspotentiale … Signalkaskaden … verschiedenste Fachbegriffe eines jüngst besuchten Seminars geisterten durch seinen Kopf, als müsste er Informationen abrufen, um sich an ihnen festzuhalten.

»Das Gehirn arbeitet mit rund hundert Milliarden Nervenzellen und mehreren hundert Billionen Synapsen«, erinnerte er sich an einen Vortrag. In dem Seminar über Gedächtnisforschung und Geruchs-Erinnerung hatte er gehört, dass Vergessen kein Kapazitätsproblem des Gehirns sei, sondern eine Folge des Ordnungssystems, mit dem das Gehirn das unüberschaubare Chaos von einander überlappenden Informationen regelte. Eine Art Schutzmechanismus sei das, um das Gehirn vor zu vielen oder widersprüchlichen Informationen zu bewahren, die »das System zu Bruch bringen könnten«, wie einer der Vortragenden lauwarm gescherzt hatte.

42

In einer selten warmen, mondfinsteren Nacht, am 16. November des Jahres 1852, zwischen zwei und drei Uhr früh, entdeckte der britische Astronom John Russell Hind während seiner Arbeit als Beobachter in der im Regent's Park gelegenen Sternwarte von George Bishop einen Asteroiden, dem er den Namen Kalliope gab.

In einer selten warmen, mondfinsteren Nacht, ein Jahrhundert und einige Jahrzehnte später, an einem 16. November zwischen zwei und drei Uhr früh, starben zwei Menschen auf einer Landstraße in einem kleinen Dorf in Niederösterreich: Eine junge Frau namens Lucy. Und ein ungeborenes Mädchen, namenlos.

In dieser selten warmen, mondfinsteren Nacht, an demselben 16. November zwischen zwei und drei Uhr früh, kam in Linz ein Mädchen viel zu früh zur Welt, füllte ihre nicht des Atmens mächtigen Lungen durch den Endotrachealtubus mit Luft und atmete durch den Beatmungsschlauch eine Seele ein. Eine Seele, die mit Überlichtgeschwindigkeit namenlos herum geirrt war, ziellos ihren Weg suchte, nicht wusste, wohin … und schlussendlich in der nüchternen, keimfreien Atmosphäre der neonatologischen Intensivstation des Universitätsklinikums Linz durch die Hohlsonde aus Kunststoff in den Schlund eines kleinen Körpers geflutscht war, in den Körper eines viel zu kleinen, pinkfarbenen und froschähnlich hässlichen Frühchens, warum auch immer.

43

Hubertus schnüffelt den Mädchen nach.

Die ersten beiden Klassen des Gymnasiums schaffte Hubertus mit Leichtigkeit. In der dritten Klasse, nach jenem speziellen Mittwoch, an dem Sophia volljährig geworden war, verschlechterten sich seine Noten.

Er prügelte sich mit Freunden, rauchte seine erste Zigarette und entwickelte Gefallen daran, dem Geruch von Mädchen hinterher zu spüren. Mit Manfred, seinem Sitznachbarn in der Schule, besten Freund und späteren Studienkollegen, spielte er Mädchen-Schnüffeln.

Sie gingen in der Pause nebeneinander, der eine die Augen geschlossen, der andere ihn führend, durchs Schulgebäude oder über den Innenhof und schlossen Wetten ab, wer welches Mädchen korrekt erschnüffeln konnte. Leise flüsterten sie die Namen der Mädchen. Sie achteten darauf, nicht zu vertraut zu erscheinen, wollten den anderen Mitschülern keine Gelegenheit geben, als ›andersherum‹, wie sie es nannten, bezeichnet zu werden. Hubertus erriet jedes Mädchen und gewann immer. Manfred machte das nichts aus.

Gelegentlich durfte Hubertus in der Bezirksstadt bei Manfred übernachten, dessen Eltern das *Hubertus* kannten und frequentierten.

»Anständige Leute«, sagten Hans-Herbert und Magdalena.

Und wussten nicht, dass Manfreds Eltern in grausamem Kleinkrieg miteinander lebten.

Vielleicht wussten sie es und es war ihnen egal, weil das eben zum gängigen Modell des ehelichen Lebens gehörte.

Manfreds und Hubertus' gemeinsamer Hass auf die jeweiligen Eltern verhinderte, dass sie sich gegenseitig hänselten.

44

Danke für Ihr Verständnis.

Sophias 18. Geburtstag fiel auf einen Mittwoch. Es war Herbst, in einem halben Jahr sollte sie ihre Matura machen. Hubertus klopfte frühmorgens an ihre Tür, um sie wie immer fürs Frühstück zu wecken. Täglich fuhren die Kinder gemeinsam mit dem Bus zur Schule.

Er klopfte nochmals, stärker, weil er nichts von ihr hörte. Vor ihrer Tür stand ihre Schultasche, fertig gepackt. Und ihre schwarzen Springerstiefel. Diese Stiefel, täglicher Streitpunkt zwischen Sophia und dem Vater. Woher sie sie habe?

»Geschenkt bekommen, von einer Freundin«, sagte sie.

Gekauft, von deinem eigenen Geld, du Arschgesicht, dachte sie lautlos. Immer wieder vom Vater in den Müll geworfen, immer wieder von Sophia zurückgeholt. Immer wieder Ohrfeigen, Beschimpfungen. Diese Springerstiefel waren, genauso wie ihr Hochdeutsch, Sophias offen eingesetzte Waffe. Rilkes Gedichte waren ihre verheimlichte.

Er ging die Treppe hinunter, durch die Gaststube in die Küche, wo er sie beim Kaffeekochen wähnte. Sie war nicht da. Unschlüssig stand er eine Weile herum, schenkte sich ein Glas mit kalter Milch ein und schnitt eine Scheibe Brot ab, die er mit Butter und Marmelade bestrich.

In der Küche stehend aß er sein Frühstück, wartete noch ein paar Minuten und ging schließlich allein zur Haltestelle, um den Bus nicht zu verpassen.

Als er nachmittags nach Hause kam, las er einen handgeschriebenen Zettel auf der Eingangstür des Restaurants: »Wegen dringender Familienangelegenheiten heute geschlossen. Morgen wieder normale Öffnungszeiten. Danke für Ihr Verständnis.«

Sophia hatte versucht, sich umzubringen.

Nach Sophias gescheitertem Selbstmordversuch schien sich alles schnell wieder zu normalisieren. Die öffentliche Schande, ein Familienmitglied zu haben, das sich umbringen wollte, war nie aufgekommen. Die Rottens hatten erzählt, ihre Tochter habe in der Schulkantine etwas Verdorbenes gegessen und habe deswegen eine Woche im Krankenhaus der Bezirksstadt verbringen müssen.

Mehrere Wochen lang sprach der Vater kein Wort mit Sophia, blickte sie nicht an, ignorierte sie. Magdalena unterließ es vollständig, bei Tisch ein Gespräch aufkommen zu lassen, ohnehin wurde das gemeinsame Mittagessen auf Wunsch des Vaters fast immer schweigend eingenommen.

Hubertus fuhr jeden Tag mit Sophia in die Bezirksstadt, er ging allein ins Gynmasium, sie trieb sich in der Stadt herum. Nach Hause fuhren sie wieder gemeinsam.

»Was machst du so den ganzen Tag?«, fragte Hubertus.

»Nichts, ich fahr nach Wien, ich geh in Kaufhäuser, Modegeschäfte und so, schau mir an, was ich mir alles keinesfalls kaufen will. Schau mir die ganzen blöden Tussen an, die diese Fetzen kaufen. Oder ich sitze den ganzen Tag bei McDonald's und lese. Manchmal spendiere ich einem Obdachlosen einen Kaffee und unterhalte mich mit ihm.«

Hubertus schwieg, versuchte sich vorzustellen, wie ein Obdachloser von Nahem roch, wenn man sich mit ihm unterhielt, wenn man seinem Atem nicht entfliehen konnte, wenn man nah genug war, um von ihm verstanden zu werden und ihn zu verstehen.

»Und auf der indischen Botschaft war ich. Ich hab mir ein Visum geholt, in meinen Pass.«

»Wie bist du an deinen Pass gekommen?«, fragte Hubertus.

»Hab ich der Mutter aus dem Sekretär geklaut. Und ein Flugticket hab ich auch schon.«

»Wie hast du sowas Teures bezahlen können?«

»Hab ich dem Vater geklaut. Stückchenweise angespart. Jeden Tag ein bisschen. Ich hab das alles schon lang geplant.«

Sie erzählte ihm, dass sie in einer Woche abfliegen würde. Heimlich. Er fragte sie, wann sie zurück käme.

Sie antwortete nicht.

45

»Jede Flucht ist zwecklos,
jedes Bleiben sinnlos.«
Erhard Blanck

Sophias Flucht.

Seit Sophia alt genug geworden war, um sich um Hubertus' Frühstück zu kümmern, hatte Magdalena die Kinder allein aufstehen lassen. Ihr Arbeitstag im Restaurant war lang, sie kam erst spät ins Bett. Hans-Herbert schlief schnarchend tief und fest und sie hatte sich angewöhnt, in der Früh eine Stunde länger im Bett zu liegen. Kurz bevor der Wecker um sieben läutete, stand sie normalerweise auf, um dem Zorn ihres Mannes zu entgehen, der langes Schlafen für unanständig hielt.

An diesem Morgen jedoch stand Magdalena schon vor sechs Uhr auf. Als Frau, deren Mütterlichkeit in der kaltherzigen Atmosphäre des Rotten-Haushalts kaum je Chancen hatte, über ein rudimentäres Maß hinauszuwachsen, hatte sie dennoch etwas gefühlt, von dem sie selbst nicht wusste, was es war. Aus für sie unerfindlichen Gründen wollte sie ihren Kindern ein schönes Frühstück machen.

Es war der Tag von Sophias heimlicher Abreise.

Hubertus versuchte, so gelassen wie möglich zu sein, als er sich für die Schule zurechtmachte. Er holte seine

Schwester von ihrem Zimmer ab, sie trug dieselbe Kleidung, die sie normalerweise für die Schule anhatte. In ihre Schultasche hatte sie das Wenige gepackt, das sie von zuhause mitnehmen wollte: ein paar Sets Unterwäsche, Pass, geklautes Geld und zwei Gedichtbände.

Die Abenteuerlichkeit von Sophias Unternehmung hatte Hubertus angesteckt. Er hatte keine klare Vorstellung davon, was auf seine Schwester zukam, was sie sich erwartete. Dennoch kam er sich wie ein Pionier vor, wenn auch nur als Statist, als er hinter ihr die Treppe hinunterging, ihrem seltsam erwachsenen und fremden Duft nachspürte. Er wusste, dass er an ihrem Abenteuer nicht wirklich teilhaben konnte, hätte sich aber nichts sehnlicher gewünscht, als nicht nur Mitwisser, sondern auch Mittäter zu sein. Als ihren Mut zu haben. Beziehungsweise schon alt genug zu sein, um mit ihr abzureisen. Mit ihr unterwegs zu sein, von ihr geführt zu werden, so wie sie ihn stets geführt hatte. Von ihr beschützt zu werden. Sie zu beschützen.

Als die beiden die Gaststube betraten, begrüßte Magdalena sie mit einer Wärme, die ihr plötzlich seltsam unangebracht erschien. Der Stammtisch war mit frischen Brötchen, Kaffee, Kakao und weichen Eiern gedeckt.

»Mutter! Guten Morgen«, sagte Sophia erschrocken.

Ahnte die Mutter etwas?

Hubertus setzte sich, bevor seine Schwester Platz nahm. Er war knapp vierzehn Jahre alt, hatte fast immer Hunger, ein schön gedeckter Frühstückstisch ließ ihn vieles andere vergessen. Sein jugendlicher Körper und seine Hormone verlangten nach Nahrung. Er begann sofort zu essen.

Sophia schenkte sich Kaffee ein, schwarz, ohne Milch, ohne Zucker. Sie bestrich Brötchen, wickelte sie in

Servietten ein und verstaute sie in ihrer Schultasche. Reiseproviant. Sie war nicht unvernünftig.

Dieses Frühstück verlief ruhig, mit einer unterschwelligen, unterschwärigen Spannung, die allen Beteiligten nur halb bewusst war. Sophia dachte an ihren Flug, den sie nicht verpassen wollte. Hubertus dachte darüber nach, ob Manfred den Mund gehalten hatte oder ob der seinen Eltern von Sophias Fluchtabsichten erzählt hatte. Magdalena dachte, dass sie das öfter tun sollte, mit ihren Kindern gemeinsam frühstücken. Die ›Kinder‹ indes waren keine Kinder mehr. Vielleicht waren sie das nie gewesen. Doch darüber dachte Magdalena nicht nach.

Die Zeit in der Früh war knapp bemessen. Der Bus zur Schule würde nicht warten. Hubertus griff sich noch ein Brötchen, das er im Gehen essen wollte. Sophia stand auf, verabschiedete sich von der Mutter: »Danke fürs Frühstück, Mama. Bis dann.«

Und da wusste Magdalena, dass etwas nicht stimmte. Dass etwas ganz und gar nicht stimmte. Doch sie war zu sehr in ihrer elenden Trostlosigkeit verstrickt, zu sehr in ihrer guten Laune der reschen Wirtin gefangen, zu sehr davon überzeugt, dass alles so war, wie es die tägliche Routine wollte, wie der Vater es erwartete. Was hätte sie auch tun können?

Jegliche Abweichung von Alltag und Tradition bedeutete Angst. Unverrückbare Werte zu ignorieren, bedeutete Angst. Sie konnte die eindeutigen Signale des kommenden Drohenden nicht deuten. Noch nie, soweit sie zurückdenken konnte, hatte Sophia die Mutter ›Mama‹ genannt.

46

Geklautes Geld.

Die Tageslosungs-Geldbörse, Schatztruhe eines unermesslichen Reichtums in den Augen von Hubertus und Sophia, gab Hans-Herbert nie aus der Hand. Mit einer Kette hatte er sie an seinem Gürtel befestigt. Derselbe Gürtel, dessen Macht Sophia und Hubertus auf ihren kindlichen Körpern gespürt hatten. Derselbe Gürtel, der den Kindern panische Angst einjagte, wenn der Vater ihn aus den Schlaufen seiner Hose zog. Andererseits stellte der Gürtel aber auch die unüberwindbare Barriere zum Großen Geld dar.

Die Aushändigung eines wöchentlichen Taschengeldes begann mit dem Eintritt ins Gymnasium. Davor, so hatte der Vater gesagt, bräuchten die Kinder kein Geld. Am Sonntag nach Sophias erstem Schultag im Gymnasium, am Nachmittag, als das Restaurant wie immer geschlossen war, orderte der Vater die Kinder ins Wohnzimmer. Nebeneinander saßen sie auf dem rustikal geblümten Sofa, blickten stumm und angsterfüllt zum in der Mitte des Raumes ragenden Vater. Hatten sie etwas falsch gemacht?

»Heute ist ein großer Tag«, sagte der Vater mit feierlicher Stimme.

Er ließ sich in seinen Ohrensessel nieder. Aufrecht, groß und mächtig saß er wie ein König ihnen gegenüber. Nahm die Geldbörse, öffnete sie und entnahm ihr einen Zwanzig-Schilling-Schein. Reichte ihn Sophia.

»Das ist dein Taschengeld. Du bist jetzt eine große Dame. Das bekommst du jetzt jeden Sonntag.«

Sophia nahm den Schein.

»Danke, Vater!«

»Teil es dir gut ein. Das ist viel Geld. Wenn du schlechte Noten bringst, wird das gestrichen.«

»Ja, Vater!«

Magdalena stand am Fenster, blickte abwechselnd durch das Glas auf ihren adretten Garten hinunter, dann auf ihren Mann, auf die Kinder.

Auf die Geldbörse, die Kette, den Gürtel.

»Und wenn du ins Gymnasium kommst, kriegst du das auch«, sagte der Vater zu Hubertus.

Dem Buben kam es wie eine Drohung vor.

»Auf Wiedersehen«, entließ er die Kinder.

Kurz darauf nahm der Vater die Geldbörse nach der Sperrstunde nicht mehr ins Schlafzimmer mit, sondern verschloss sie in einer Schublade in der Schank. Den Schlüssel nahm er mit, platzierte ihn unter sein Kopfkissen, wenn er sich zu Bett legte. Zeremoniell vollführte er die Positionierung des Schlüssels, wie er dies früher mit der Geldbörse getan hatte. Das große lederne Ding hatte begonnen, seinen Schlaf zu stören. Der Vater hoffte, dadurch seine Nackenschmerzen los zu werden.

Zu diesem Zeitpunkt fing Sophia an, den Vater zu bestehlen. Geld eines Vaters zu stehlen, den sie nie als Vater betrachtet hatte. Der sie nie als Tochter betrachtet hatte, als Mensch, als menschliches Wesen.

47

»Wer stehlen will, und zwar bei Nacht,
Braucht eine Diebslaterne.«
Wilhelm Busch

Hubertus und die Kugelschreibermine.

Die 15-jährige Sophia lag lange wach, nachdem der Vater ins elterliche Schlafzimmer zurückgewankt war. Sie horchte durch die Zimmerwände, wartete, bis sie dem Rhythmus seines Schnarchens entnehmen konnte, dass er tatsächlich tief und fest schlief. Dann schlich sie zu Hubertus in dessen Dachkammer hinauf, legte sich zu ihm unter die Bettdecke. Atmete die sanfte Wärme des unschuldig schlafenden Bruders ein.

Spätnachts, kurz nach zwei Uhr.

Sie rüttelte ihn vorsichtig und hartnäckig.

»Sei leise. Komm, ich zeig dir was«, sagte sie zu ihm.

»Was?«

»Geld klauen. Du bist jetzt so alt wie ich, als ich angefangen hab. Ich trau dir zu, dass du keinen Blödsinn machst.«

Die Kinder gingen behutsam die Holztreppe in den ersten Stock hinunter. Sie kannten jedes knarrende Holz, jede einzelne Diele, die sie verraten konnte. Jahrelanges nächtliches Training hatte sie zu Spezialisten im heimlichen Schleichen gemacht. Die Nacht war ihre Verbündete. In der

Nacht, wenn das dröhnende Schnarchen des Vaters das Haus erfüllte und ihnen das Tor zur Eigenständigkeit öffnete, wenn die Mutter, betäubt von ihren allabendlichen Schlafmitteln, fast leblos im ehelichen Bette lag, waren sie frei. Vor dem elterlichen Schlafzimmer blieben sie stehen, horchten an der Tür, schlichen dann weiter die Treppe hinunter, betraten die Gaststube.

Sophia schaltete das Licht ein, ging mit Selbstverständlichkeit zur Schank. Klemmte sich eine Taschenlampe zwischen die Zähne, bückte sich, beleuchtete das Schloss. Öffnete es mit geübter Fingerfertigkeit, zog die Schublade auf, in der sich die Geldbörse befand.

»Ich habs mit einer Nagelfeile probiert, auch mit einer aufgebogenen Büroklammer. Aber mit einer Kugelschreibermine gehts am besten. Schau zu.«

Sie zeigte ihm, wie sie zuerst den Inhalt der Lade kontrollierte, die Lage der Geldbörse, die Lage der Kette.

»Das muss alles genau so aussehen wie vorher. Mach keinen Fehler«, erklärte sie.

Sie berührte nichts, schob die Lade wieder zu, sperrte das Schloss ab.

»Gut, nochmal von vorne«, sagte sie und führte ihm die Manipulation mit der Kugelschreibermine mehrmals vor.

»Jetzt du«, sagte sie.

Nach vielen Versuchen war sie endlich mit ihm zufrieden. Dann nahmen sie vorsichtig die Geldbörse heraus. Zählten die einzelnen Scheine in den Fächern für Zwanziger, Fünfziger und Hunderter. Schätzten die Anzahl der Münzen im großen Fach fürs Kleingeld.

»Nimm immer nur wenig«, unterwies Sophia ihren Bruder ernst, »so, dass es nicht auffällt. Werd nicht gierig.

Und mach keinen Fehler. Das ist der Schlüssel zu deiner Freiheit.«

Hubertus hatte seine Schwester nie gefragt, warum sie den Vater zu bestehlen begonnen hatte. Damals war es für ihn ein Abenteuer gewesen, und zwar ein höchst gefährliches, denn es galt Schläge zu riskieren, Holzscheit-Knien im Keller oder im Ernstfall sogar, eine wie eine Ewigkeit anmutende Zeitspanne im nachtschwarzen Kühlraum eingekerkert zu sein.

Später wurde ihm klar, dass sie damit etwas anderes auszugleichen versucht hatte. Dass die Bestrafungen, sollte sie entdeckt worden sein, ihr wenig bedeutet hätten im Vergleich zu dem, was sie erdulden musste.

48

Die Mutter Kalliopes – die der griechischen Mythologie – hieß Mnemosyne. Die Gedächtniskunst. Hubertus nahm an, dass sich der antiken Mnemosyne der Magen umgedreht hätte angesichts ihrer heute hoffnungslosen Lage. Sähe sie ihre Identität von weltweit vernetzten, explosiv anwachsenden künstlichen Gedächtnissen bedrängt? Er fragte sich, wie Erinnern und Vergessen tatsächlich funktionierten. Rein theoretisch, so wusste er, war dafür ein Zusammenspiel komplexer Proteine verantwortlich, auf molekularer Ebene ermöglichte das Protein Rac das Erinnern. Im Labor hatten Forscher Fruchtfliegen mit zwei identen Düften, jedoch verschiedenen Konsequenzen konfrontiert, den einen Duft mit Futter, den anderen mit Strom kombiniert. Eine Gruppe der Fruchtfliegen war unmanipuliert, die andere Gruppe war durch Stilllegung des Proteins Rac-frei und sollte daher auch erinnerungsfrei agieren. Das Resultat der Testreihe war eindeutig. Die unpräparierten Fruchtfliegen mieden den Stromschlag-Duft einen vollen Tag lang. Die manipulierten, Rac-freien Fruchtfliegen hatten die Stromschläge schon nach einer knappen halben Stunde vergessen.

»Mixt euch also ab jetzt einfach einen Rac-Cocktail, dann merkt ihr euch vielleicht mehr«, hatte Hubertus seinen Studenten zugescherzt, nachdem er ihnen von den Labor-Ergebnissen des Instituts erzählt hatte.

49

Von regennasser Kleidung.

Der letzte Tag, an dem er seine Schwester lebend sah, war ein verregneter. Sophia wollte bei der gemeinsamen Busfahrt ein paar Haltestellen vor Hubertus aussteigen. Er hatte sich mit ihr durch den schaukelnden Bus nach vorne zum Ausgang gehangelt. Als der Bus angehalten hatte, bevor sie ihn verließ, drückte sie seine Hand so stark, dass er glaubte, seine Finger würden brechen.

»Mach, dass du auch wegkommst. So bald wie möglich. Spätestens, wenn du volljährig bist«, sagte sie. »Und mach dich auf einiges gefasst zuhause. Ich hab die gesamte Tageslosung aus der Geldbörse mitgenommen.«

Beim Aussteigen zögerte sie nicht, obwohl sie wusste, dass sie ihn im Stich ließ. Aber sich selbst im Stich lassen konnte sie noch weniger. Kurz bevor die Bustür sich schloss, rief sie ihm hastig zu: »Lern was, mach die blöde Matura. Machs nicht wie ich.«

Hubertus ging zu seinem Sitz zurück, lehnte sich an die Scheibe des Fensters und sah hinaus. Er rieb seine Finger, sie taten ihm weh von Sophias hartem Griff. Sie rochen nach ihr und nach den Metallstangen, an denen er sich festgehalten hatte, als er mit ihr zum Ausgang gegangen war. Die Fensterscheibe roch nach kaltem Glas und dem Dunst der Mitfahrenden.

Neben ihm nahm ein älterer Schüler des Gymnasiums Platz, den Hubertus vom Sehen kannte. Dessen Jacke war nass, seine Jeans, seine Schultasche und Turnschuhe ebenfalls. Seit diesem Tag verband Hubertus den Geruch von regennasser Kleidung mit dem des Abschiednehmens.

Zwei Jahre später, kurz nach Hubertus' fünfzehntem Geburtstag, erreichte die Familie ein Brief der österreichischen Botschaft in Delhi, mit der Mitteilung, dass Sophia Rotten in Goa, nahe des Strandes von Anjuna, tot aufgefunden worden wäre. Ihre Todesursache sei Herzversagen gewesen. Freunde hätten eine rituelle indische Verbrennung arrangiert, die bereits stattgefunden habe. Aufgrund bürokratischer Unabdingbarkeiten hätte die Identität der Toten erst jetzt offiziell aktenkundig werden können. Man bedauere, die Familie nicht rechtzeitig über die Trauerfeierlichkeiten informiert haben zu können. Mithilfe des beiliegenden Totenscheines könnten die Habseligkeiten der Sophia Rotten im Municipal Council von Anjuna, Goa abgeholt werden. Eine beigefügte Liste zählte die Dinge auf, die von Sophia Rotten übrig geblieben waren: zwei Gedichtbände, ein Rucksack, eine Zahnbürste. Sie holten die Sachen nie ab. So wussten sie auch nicht, was Sophia in einem der Gedicht-Büchlein unterstrichen hatte: ›Es ist wichtig, sich zu erinnern. Noch wichtiger ist, zu vergessen.‹ Rainer Maria Rilke

Sein alltägliches Auskommen mit Vater und Mutter während der beiden Jahre, die zwischen Sophias Flucht und ihrem Tod lagen, blieb Hubertus nur verschwommen im Gedächtnis. Einzelne Bilder, Gerüche, Empfindungen schossen durch seine Erinnerung, wenn er an die Zeit zurückdachte: das verschwundene Geld, die verschwundene Tochter, der tobende Vater, die weinende Mutter.

»Von meiner eigenen Tochter, von meinem eigenen Fleisch und Blut bestohlen. Die ist keine Tochter mehr für mich. Ein Drecksluder, ein verdammtes. Soll verrecken, wo auch immer sie ist.«

Zufall, Schicksal oder eine morbide Form der Übertragung von Informations-Quanten erfüllten des Vaters Fluch zwei Jahre später.

Sophia hatte die Geldbörse auf die Theke gelegt, als habe der angetrunkene Vater am Vorabend vergessen, sie in die Schublade zu geben. Hans-Herbert, blind vor Wut, kam nicht auf die Idee, dass die Kinder die Lade zu öffnen in der Lage waren. Der Vater änderte seine Gewohnheiten nicht. Gewohnheiten wurden nicht geändert. Nichts durfte verändert werden, alles musste so bleiben, wie es war. Weil es schon immer so war, weil es sich so gehörte. Und so blieb auch die Tageslosungs-Börse weiter in der Lade der Schank. Bis zu Lucys Klau-Verbot blieb Hubertus' heimliche Geldquelle so weiter für ihn erhalten.

Die Tobsuchtsanfälle des Vaters begannen nach Sophias Flucht noch unabsehbarer aus ihm hervor zu brechen als früher, genau so, wie die Mutter in depressive Geistesabwesenheit fiel, ins Leere zu starren begann, wenn sie sich unbeobachtet glaubte. Nur vor den Gästen des Restaurants spielten alle ihre einstudierten Rollen. Nichts gab es, das den Lauf des Geschäfts stören durfte. Die Unbehelligtheit der Kunden war das Maß aller Dinge. Gleichermaßen war es das rigide Diktat der dörflichen Gemeinschaft, das dem Vater und der Mutter den eisernen Panzer der Unterdrückung aller Gefühle aufzwang. Gefühle, die in der Idylle des Dorfes keinen Platz hatten, keine Rolle spielten, Gefühle, die es nicht gab, weil es sie nicht geben durfte. Hubertus hatte auch keinen Geruch davon gespeichert, wie es dem Vater, wie es der Mutter, wie es ihm nach Sophias Tod gegangen war. Denn kurz darauf war Lucy zu den Rottens gekommen.

Der Vater hatte entschieden, dass ein Lehrmädchen ins Haus kommen müsse, um der durch Sophias Tod belasteten Mutter zur Hand zu gehen. Tatsächlich ging es ihm weniger darum, Magdalena zu entlasten, sondern um ein reibungsloses Funktionieren des Restaurants. Mehr und mehr war die Geistesabwesenheit der Mutter nicht nur ihm, sondern auch den Kunden aufgefallen. Er fürchtete das dörfliche Tuscheln, die Gerüchte, dass das *Hubertus* nicht mehr das sei, was es einmal war. Der Ruf des Betriebes, der Ruf der Rottens, gleichbedeutend mit der Ehre seiner eigenen Persönlichkeit, war in Gefahr. Die Rottens durften nicht das sein, worüber sich die anderen das Maul zerrissen.

Und so kam Lucy, die Tochter des Fleischlieferanten Alfons Hammermeier, der den *Wildbret-Express* im Nachbardorf führte. Sie war wie Hubertus fünfzehn Jahre alt und hatte gerade die Pflichtschule beendet.

50

»Ich war nicht wirklich nackt.
Ich hatte nur keine Kleider an.«
Josephine Baker

Verbündete.

Späte Nacht. Hubertus lag im Bett und dachte an seine Hormone. An Lucy. Und an das Geld, das er morgen brauchte. Er würde am Nachmittag mit Manfred die Schule schwänzen – wie schon öfter – und in ein Automaten-Café gehen, um Flipper zu spielen, ein Bier zu trinken, zu rauchen. Er wartete, bis er aus dem unteren Stockwerk das Schnarchen des Vaters hörte. Dann schlich er sich in die Gaststube, öffnete geübt und erprobt die Schublade und nahm die Geldbörse des Vaters heraus. Er nahm einen Zwanzig-Schilling- und einen Fünfzig-Schilling-Schein und ein paar Münzen. Als er die Börse wieder in die Schublade geben wollte, öffnete sich die Tür zwischen Gaststube und Treppenaufgang. Lucy.

In gewissem Sinne hatte er damit gerechnet, dass sie ihn irgendwann ertappen würde. Doch diesmal war es so, als hätte er sie telepathisch gerufen. Als funktionierten die Signale zwischen ihnen tatsächlich. Keiner von beiden war überrascht, den anderen zu sehen. Ohne etwas zu sagen, kam sie zu ihm und sah ihm zu, wie er die Geldbörse verstaute, die Lade zuschob, das Schloss mit der Kugelschreibermine versperrte.

So wurden sie vorsichtig zu Verbündeten. Sie teilten ein Geheimnis.

Lucy nahm wortlos seine Hand und führte ihn in ihre Kammer. Im ersten Moment kam er sich wie ein Eindringling vor. Er hatte nicht damit gerechnet, dass Lucys Zimmer so heimelig war. Er bemerkte die Dinge, die sie mitgebracht hatte, um dem Zimmer eine persönliche Note zu geben. Und er bemerkte, dass das Zimmer mit Sophias Möbeln eingerichtet war.

»Das waren Sophias Möbel«, sagte er, als sie sich auf das Bett gesetzt hatten, nebeneinander.

Zwischen ihnen, auf die Bettdecke, hatte Hubertus das gestohlene Geld gelegt. Es war warm und feucht von seiner verschwitzten Hand.

»Wer ist Sophia?«

Sie unterhielten sich flüsternd.

»Meine Schwester. Sie lebt nicht mehr. Sie ist in Indien gestorben.«

»Scheiß mich an«, entfuhr es ihr.

Sie hielt sich erschrocken die Hand vor den Mund.

»Sie ist mit achtzehn von hier abgehauen.«

Lucy hätte gerne mehr gewusst. Trotz ihrer normalerweise unbekümmerten Neugier wagte sie diesmal nicht, weiter zu forschen.

Der warme Geruch des verschwitzten Geldes stieg Hubertus in die Nase.

»Ich kann alle Münzen und Scheine an ihrem Geruch unterscheiden«, gestand er ihr.

Sie befahl ihm, die Augen zu schließen und hielt ihm dann einzeln das gestohlene Geld unter die Nase. Er erriet alles. Sie beugte sich zum Nachttischchen, öffnete die Lade, nahm ihr Portemonnaie heraus. Hielt ihm andere Scheine, andere Münzen unter die Nase. Er zögerte oft, machte aber keinen Fehler. Sie war begeistert. Er öffnete die Augen wieder, sagte ihr, dass er das normalerweise schneller könne, aber der Geruch ihrer Hände hätte ihn verwirrt. Dann schwieg er. Sie auch.

Schließlich küssten sie sich mit geschlossenen Augen, unbeholfen, ungeschickt saßen sie nebeneinander, verkrümmt und unbequem, wussten nicht, wie man so etwas machte, kannten nur Hollywood-Filme und Erzählungen von Freunden und Freundinnen. Vielleicht war es ihre gemeinsame Unschuld, ihre gemeinsame Unerfahrenheit, ihre gemeinsame Naivität, die sie das, was sie dann taten, letztlich doch vollbringen ließ, mit aller Scheu vor der physischen und psychischen Nacktheit, aller Scham vor der eigenen Unvollkommenheit, allem Zögern und dennoch Wollen.

So wurden sie zu tatsächlichen Verbündeten. Sie teilten ein weiteres Geheimnis.

51

In jener Nacht sprachen sie dann doch. Über eine mögliche Zukunft, ihre mögliche gemeinsame Zukunft. Sie flüsterten über eigentlich Unaussprechliches, eingedenk der Tatsache, dass sie jung waren, zu jung, um ein Leben zu planen. Sie hatten keine Ahnung vom Leben.

So kopflos Hubertus von Geld klauen, abhauen und »vielleicht sogar Indien« sprach, so praktisch reagierte die bodenständige Lucy: »Schwachsinn, du Dummerchen. Wir sind doch noch nicht mal volljährig. Denk doch mal nach. Ich will meine Lehre fertigmachen, ich hau doch nicht einfach ab und versau mir meine Zukunft.«

Hubertus dachte nicht an irgendeine fernliegende Zukunft, die man sich versauen könnte. Er dachte an sein Hier und Jetzt, an seine Lenden.

»Lern was«, sagte Lucy.

Und wiederholte, ohne es zu wissen, die Worte, die Sophia zu Hubertus gesagt hatte, »Lern was, mach die blöde Matura.«

Später sollte er sich fragen, ob er Lucys und auch Sophias Ratschlag nicht hätte ignorieren sollen. Es könnte sein, dass alles anders gekommen wäre.

52

Am nächsten Tag war Hubertus wie in Trance. Fünf Jahre lang, bis nach seinem zwanzigsten Geburtstag, hielt die Trance an und er konnte nicht aufhören, innerlich zu lächeln. Nicht während seiner Schulzeit, nicht während der Matura. Nicht während seines ersten und einzigen Semesters als Student der Betriebswirtschaft. Nicht, als er seine Studienrichtung heimlich änderte und sich der Geruchsforschung zuwandte. Nicht, wenn der Vater ihn beschimpfte, schikanierte, schlug. Nicht während seiner Prüfungen, nicht während er mit dem Bus zwischen Dorf und Hauptstadt hin und her pendelte. Nicht beim Schlafengehen, nicht beim Aufwachen, nicht beim Lernen, Essen, Rauchen, Rasieren.

Nicht, als Lucy ihm sagte, dass sie ein Baby bekommen würde. Nicht, als sie an jenem 15. November auf dem Standesamt gewesen waren, um zu heiraten. Das Baby in Lucys Bauch war zu diesem Zeitpunkt fünf Monate alt.

Nicht, als er sich am 16. November vor zwanzig Jahren, zwischen zwei und drei Uhr in der Früh, an jene Hausmauer gelehnt hatte, um Lucy bei ihrem verträumten Tanz zur lautlosen Melodie der Nacht zuzusehen. Kurz bevor das Auto kam.

53

»Wohin und wie weit wir also blicken mögen, zwischen Religion und Naturwissenschaft finden wir nirgends einen Widerspruch, wohl aber gerade in den entscheidenden Punkten Übereinstimmung.«
Max Planck

Hubertus wollte mehr zum Thema Wiedergeburt wissen. Er las über die Upanishaden. Die philosophischen Schriften des Hinduismus, datiert ungefähr 600 bis 800 vor Christus, berichteten vom Zyklus der Wiedergeburten. So ging die individuelle Seele namens Jiva nach dem Tode eines Menschen manchmal unmittelbar, manchmal mit Zwischenstationen in himmels- oder höllenartigen Aufenthaltsorten, in eine andere weltliche Verkörperung über, bis sie schließlich dank Aufarbeitung ihres Karmas zur endgültigen Erlösung in die Weltseele Brahman einging.

Hubertus glaubte weder an eine irdische noch an eine überirdische ausgleichende Gerechtigkeit. Er glaubte nicht an Seelenwanderung, Reinkarnation oder Wiedergeburt.

Was wäre also dieses hypothetische Dings, das sich durch den Beatmungsschlauch seinen Weg gebahnt haben könnte? Eine Seele. Ein Quark, up oder down. Ein Myon. Ein Charm, Strange, Bottom oder Top. Ein Myon-Neutrino oder ein Tauon-Neutrino. Ein Gluon, Photon oder Graviton. Ein Quant. Ein String.

Verschränkte dieses Dings sich? War es vorher, während, nachher verschränkt? Mit diesem anderen Dings, seinem möglichen Zwillings-Dings, das sich bereits in dem kleinen, pinkfarbenen und froschähnlich hässlichen Körper befand?

Oder wäre es einfach nur eine wunderschöne Idee, wenn es auch eine derartige Seelen-Dings-Verschränkung tatsächlich gäbe?

54

»Ich bin ein einsamer alter Bursche, den man vor allem kennt, weil er keine Strümpfe trägt, und den man bei besonderen Gelegenheiten als Kuriosität zur Schau stellt.«
Albert Einstein

Nach und nach hatte es sich trotz allem im Institut herumgesprochen. Man wusste von Hubertus als dem Wissenschaftler mit dem ›absoluten Geruch‹. Immer wieder war ihm eine Geruchsdeutung eingefallen, die keinem seiner Kollegen als wahr erscheinen wollte, die sich dann aber im Labor analytisch korrekt nachweisen ließ. So sehr er seinem Geruchssinn nicht mehr vertrauen wollte, so konnte er doch nicht umhin, sich immer wieder eingestehen zu müssen, dass sein Talent ein außergewöhnliches war.

Gleichwohl waren ihm absonderliche Ehrerweisungen nicht willkommen. Wie sollte er sich Achtung aufnötigen lassen für etwas, dem er in einem entscheidenden Moment seines Lebens nicht die richtige Deutung angedeihen hatte lassen. Nur wenigen erzählte er von seiner Befähigung. Susanna wusste davon, ihr vertraute er. Ihr hatte er auch von der Zwiespältigkeit erzählt, die zwangsläufig mit einer derartigen Genialität einherging.

Ein Hausieren mit seinem seltenen Können, für das er nichts konnte und das ihn vor zwanzig Jahren im Stich gelassen hatte, erschien ihm widernatürlich. Im Institut wollte er für seine Leistungen, für seine Zuverlässigkeit, für seine seriöse Arbeit geschätzt werden, was ihm auch gelungen war. Ein Magier, der so wie dieser Tränenvortrags-Weißmann auf einer Bühne glänzte, hatte er nie werden wollen. Mit seiner Geruchsgabe hätte er sich zum Zirkuspferd machen lassen können, dessen Kunststücke einem staunenden Publikum vorgeführt würden.

Vielleicht hatte ihn auch eine ganz bestimmte Erinnerung davon abgehalten, die Rolle des bewunderten Bühnenstars zu übernehmen: die Erinnerung an den Vater, der das *Hubertus, Wild-Spezialitätenrestaurant vom Feinsten* als Kulisse für sein vernichtendes Herrschen genutzt hatte. Der als gnadenlos-despotischer Selbstdarsteller alles Menschliche erstickt, erdrückt, zerstört hatte.

Hubertus kannte die Figur des Jean-Baptiste Grenouille und dessen gewaltigen Geruchssinn. Er kannte die Figur des Johannes Elias Alder und dessen beängstigendes Gehör. Er hatte *Das Parfüm* und *Schlafes Bruder* gelesen, obwohl er Romanen keinen Unterhaltungswert abringen konnte. Gedichten übrigens auch nicht. Nicht mehr. Die Lektüre der beiden Erzählungen hatte ihn indessen in dem bestätigt, was keiner Bestätigung bedurfte: Hubertus wollte keine Kuriosität sein.

55

Das früheste Frühchen.

An einem 16. November vor zwanzig Jahren, in einer selten warmen, mondfinsteren Nacht, setzten bei Olivia Gmeiner, im fünften Monat schwanger, kurz nach Mitternacht mit erschreckender Intensität heftigste Wehen ein. Als die Fruchtblase platzte, lag sie bereits festgezurrt auf einer Bahre in einem Wagen des neonatologischen Intensiv-Abholtransports des Linzer Krankenhauses und fuhr mit Blaulicht und Sirene in die Klinik.

Es war von Anfang an eine sogenannte Risikoschwangerschaft gewesen, die die Ärzte aufmerksam überwacht hatten. Olivia Gmeiner war 43 Jahre alt und dies war ihre vierte Schwangerschaft nach drei Fehlgeburten.

Zwischen zwei und drei Uhr in der Früh kam ein Mädchen zur Welt und das Ärzteteam rechnete nicht wirklich damit, dass ein Baby – soweit man diesen froschähnlichen Winzling Baby nennen konnte – mit einer Länge von 26 Zentimetern und 425 Gramm Körpergewicht überleben würde.

Ihre Lunge war nicht ausgereift. Ihr Ductus, die Verbindung zwischen Hauptschlagader und Lungenarterie, war offen. Sie war definitiv nicht lebensfähig. Dergestalt wurde sie mit einem Endotrachealtubus künstlich beatmet, in einen Inkubator gelegt, mit Medikamenten vollgepumpt und mit Schläuchen an vielfältigste Apparaturen zur

Stabilisierung, Ernährung und Überwachung angeschlossen. Olivia und Otmar Gmeiner standen jeden Tag stundenlang bestürzt vor dem Kasten, in dem sich ihr Mädchen befand und an so viele Maschinen, Sonden, Schläuche und Elektroden angeschlossen war, dass sie wie eine futuristische Installation aussah.

Die Gefahren, denen sie mit ihrem außergewöhnlichen Lebens(über)mut trotzte, waren: eine drohende Herzoperation, um den Ductus zu schließen, Infektionsrisiken, Temperaturregulationsstörungen, entzündliche Darmerkrankungen, Lungenfunktionsstörungen …

Dieses Mädchen war mit einer ganz besonders ausgeprägten Hartnäckigkeit ausgestattet, tatsächlich auf dieser Erde leben zu wollen. Sie wurde zum europaweit bekanntesten Frühest-Frühchen und entwickelte sich zu einem Phänomen an Gesundheit und Kraft. Im Gegensatz zu vielen Frühchen, die in Körpergröße oder -gewicht, motorisch, emotional oder intellektuell ›normal‹ geborenen Babys hinterher hinken, eilte dieses Mädchen ihnen voraus. Sie war weder emotional labil, noch konnten die Psychologen, die sie bis zu ihrem zehnten Lebensjahr wöchentlich untersuchten, Aufmerksamkeits- oder Konzentrationsprobleme erkennen, wie dies bei den allermeisten Frühgeburten der Fall war. Lediglich eine Widerwilligkeit, wenn man sie bei ihrem Namen nannte, attestierten die erstaunten Ärzte.

Die Gmeiner-Eltern – staunend beglückt vom wundersamen Überleben ihrer Tochter, als sie sie nach monatelangem Aufenthalt in der neonatologischen Abteilung des Krankenhauses endlich nach Hause nehmen konnten – hatten vom ersten Tage an, als das Mädchen mit ihnen lebte, keinen Zweifel daran, dass dieser Lebensmut und Übermut von ihnen unterstützt gehörte. Solcherart wuchs die Kleine, geboren mit den schlechtesten aller möglichen Überlebenschancen, unter den Augen ihrer nach wie vor überängstlichen Eltern dennoch frei, uneingeschränkt, ja, ihrem Temperament entsprechend wild und ungebärdig, zu einem witzigen, klugen, hübschen jungen Mädchen heran. Das siebzehnjährig an einem Schneidergesellen Gefallen fand.

56

Er hatte Lucys Grab nie besucht. Sentimentalität war ihm fremd. Er sah seine Vergangenheit als gegeben. Als etwas, das geschehen war. Dem er sich in den vergangenen zwanzig Jahren gestellt hatte. Demgegenüber er Stellung bezogen hatte, weit mehr, als er das gegen den Vater je getan hatte. Wenn es denn etwas gab, das er tatsächlich bedauerte, so war es seine jugendliche Feigheit, die ihn vom Aufbegehren abgehalten hatte. Und die ihm rückblickend, wenn er sich im Spiegel betrachtete, nicht zu seinem Äußeren zu passen schien. Sein Aussehen war dem des Vaters nicht unähnlich. Die kantige Härte der väterlicherseits geerbten Gesichtszüge wurde jedoch durch die sanfte Augenpartie der Mutter aufgehoben. Deren Unterwürfigkeit hatte ihr Gesicht im Laufe der Ehe mit Hans-Herbert indes zu einer Maske des Ertragens erstarren lassen. Ihre Sanftheit und Nachgiebigkeit waren einer fröhlichen Fratze der rustikal-gemütlichen Gefühllosigkeit gewichen.

Der Ausdruck des Gesichtes, das Hubertus im Spiegel sah, hatte nichts mit seinem genetischen Erbe zu tun. Weder Härte noch Sanftheit noch Nachgiebigkeit hafteten ihm an. Auch Feigheit nicht. Schon lange nicht mehr.

Lucys Grab lag gepflegt auf dem kleinen Friedhof hinter der Dorfkirche. Er bemerkte, dass jemand regelmäßig die Grabstelle mit frischen Blumen bestückte, die Erika-Pflanzen und die kleine Thuje beschnitt, Stiefmütterchen pflanzte und Unkraut jätete. Über den Grabstein war eine weihnachtliche Girlande drapiert, verdeckte einen goldenen Schriftzug. Friedhofspflege war so wie die Akkuratesse des Vorgartens eines jeden Hauses ein fast zwanghaftes Diktat der dörflichen Gemeinschaft, ein Aushängeschild der Ehrbarkeit, eine Unausweichlichkeit der Image-Wahrung.

Hubertus stand unschlüssig vor Lucys Grab. Ihm war bitterkalt.

»Sollte ich weinen, Lucy?«

Sollte er dieser kalten Erde, die sich unter ihrem kleinbürgerlich-ordentlichen Beet befand, etwas erzählen?

Er konnte Gräbern, Totenkult, Friedhöfen nichts abgewinnen. Ihm gefiel jedoch die markante Geruchsmischung von Erde nach dem Regen, so wie er es jetzt gern gerochen hätte, nachdem ein kleiner Regenschauer gefallen war. Dazu war es aber nun, im Dezember, schon zu kalt. Petrichor wurde der typische Regengeruch im Sommer seit dem Jahr 1964 bezeichnet, als australische Forscher seine Ursache entdeckt hatten. Hubertus wusste, dass dieser charakteristische Geruch von Pflanzen stammte, die während trockener Zeiten ätherische Öle ausschütteten, die dann von umliegendem Gestein absorbiert wurden und die der Regen wieder freisetzte.

Petrichor, dachte er. Warum fällt mir das jetzt ein, anstatt dass ich irgendetwas Nettes zu Lucy sage. Seine jugendlichen Fragestellungen fielen ihm nun auch ein. Warum er und Lucy sich so einig gewesen waren, warum er es als ›das Absolute‹ bezeichnet hatte. Zehn Jahre nach Lucys Tod wurde er im Zuge seines Studiums mit dem Forschungsergebnis eines deutschen Evolutionsbiologen konfrontiert, das ihm eine annähernde Erklärung bot. Je unterschiedlicher das humane Leukozyten-Antigen-System zweier möglicher Partner war, desto attraktiver fanden sie den Körpergeruch des anderen. Für die Testreihe mussten Männer und Frauen an drei Tage lang getragenen Kleidungsstücken riechen und den Geruch als anziehend oder abstoßend bewerten. Diese subjektiven Eindrücke wurden mit Gentests kombiniert und zeigten eine eindeutige Übereinstimmung: Je unterschiedlicher der genetische Code zweier möglicher Partner war, desto attraktiver stuften sie den Körpergeruch des anderen ein. Evolutionsbiologisch erhöhte vielfältigere Erbsubstanz das Immunsystem und somit die Überlebenschancen.

»Vielleicht haben du und ich einfach nur höchst unterschiedliche genetische Codes gehabt«, sinnierte er und sprach also doch irgendwie und sozusagen mit Lucy. Einer Lucy, die nach zwanzig Jahren Zerfallszeit nicht mehr vorhanden war. Weder im physischen Sinne. Noch in emotionalen Verwicklungen.

Mag sein, dass Lucy, wäre auch nur irgendetwas von ihr vorhanden, ihn ohne jegliche emotionale Verwicklungen auf etwas hingewiesen hätte. Nicht auf Quantenverschränkungen und Seelenwanderung. Dazu war sie zu praktisch und bodenständig. Aber auf ein Kind. Ein Mädchen, namenlos und ungeboren, das dank höchst unterschiedlicher genetischer Codes rein evolutionsbiologisch die besten aller möglichen Überlebenschancen gehabt hätte. Ein Phänomen an Gesundheit und Kraft gewesen wäre. Mit einem wilden und ungebärdigen Temperament. Mit Überlebensmut. Und Übermut.

Er bückte sich, pflückte eine Blüte der vor sich hin frierenden Stiefmütterchen. Hob sie zu seiner Nase. Sie roch nach nichts. Das Stiefmütterchen, in der Blumensprache Symbol der Erinnerung. Er rief sich eine

Aufführung von Shakespeares Sommernachtstraum wach, die er im Frühjahr mit Susanna im Theater gesehen hatte. Oberon benutzte den Pflanzensaft des Stiefmütterchens als Zaubermittel, um die Liebe der Titania für sich zu erwecken.

Vergangenheit, Gegenwart und Zukunft waren nur Konstrukte. Er dachte an Albert Einsteins Worte, die er auf einem ganz bestimmten Zettelchen gelesen hatte: »Menschen, die wie wir an die Physik glauben, wissen, dass die Unterscheidung zwischen Vergangenheit, Gegenwart und Zukunft nur eine besonders hartnäckige Illusion ist.«

57

Weder Kalliope (zwanzig Jahre nach Lucys Tod) noch Lucy hatten eine nennenswerte Vergangenheit, eine Geschichte, eine Biografie aufzuweisen.

- Lucy vielleicht, weil sie eines viel zu frühen Todes gestorben war. Das wäre nennenswert.
- Kalliope vielleicht, weil sie viel zu früh zur Welt gekommen war. Das wäre gleichermaßen nennenswert.
- Mehr aber nicht.

Zwanzig Jahre Lebenszeit. Was war in ihren zwei Jahrzehnten geschehen, außer, dass die beiden zeitversetzt erwachsen geworden waren und die ersten zögerlichen Schritte in das machten, was man gemeinhin Leben nannte?

Was war in Hubertus' vergangenen zwei Jahrzehnten nach Lucys Tod geschehen? Gleichermaßen wenig faktisch Nennenswertes. Die Zeit war vergangen, wie sie das tat, wozu sie erfunden worden war. Sie folgte ihrer Gesetzmäßigkeit, die seit Menschengedenken Fragen aufwarf.

Fragen, auf die es – abgesehen von Einsteins relativitätstheoretischer Zeitdilatation – keine befriedigenden Antworten gab.

58

Hubertus hob die Weihnachtsgirlande über dem Grabstein an. ›Friederike Lukretia Rotten‹ stand dort. Darunter ›Für ihre liebenden Hinterbliebenen: Lucy‹.

Goldene Lettern.

Altdeutsche Schrift.

Mit einem Geburts- und einem Sterbedatum.

Das Begräbnis hatte an einem verregneten, kalten, durchwegs hässlichen Tag stattgefunden. Vor zwanzig Jahren und ein paar Wochen. Am Leichenschmaus im Hinterzimmer des *Hubertus* hatte er halbherzig teilgenommen. In einem geeigneten Moment war er in seine Dachkammer gegangen, hatte seinen bereits in der Früh gepackten Koffer geholt. Einen Rucksack. Eine Aktentasche. Hatte sich, unmerklich für die anwesende Trauergemeinschaft, aus dem Haus geschlichen, zur Bushaltestelle. War nach Wien gefahren, zu Manfred. Der öffnete ihm die Tür seiner Wohnung, die er seit einem Jahr bewohnte. Manfred war erstaunt, erfreut.

»Kann ich bei dir wohnen? Ich zahl auch. Ich such mir eine Arbeit«, sagte Hubertus.

Manfred schälte seinen Freund aus dessen klitschnassem Mantel, öffnete ihm ein Bier und ließ sich erzählen. Hubertus berichtete ihm, seinem einzigen Vertrauten, im Laufe der Nacht bei einigen Flaschen Bier schließlich alles. Die heimliche Heirat. Der nächtliche Spaziergang. Die Mondfinsternis. Der Duft dieser speziellen warmen Nacht. Dann der obskure Geruch kommenden Unheils. Die gellend-hellen Scheinwerfer, die es unmöglich machten, auch nur irgendetwas zu sehen. Das Geräusch des Aufpralls und das knackende Krachen von Knochen. Der Geruch von Benzin, verbranntem Gummi und Abgasen. Von Blut.

59

»Später ist zu spät.«
Peter Altenberg

Mach du mal deine Matura.

Warum war er so lange geblieben? Warum war er nicht schon viel früher mit Lucy der stinkenden dörflichen Enge, der scheinheiligen Gutbürgerlichkeit des *Hubertus*, der erniedrigenden Herrschaft des Vaters entflohen? Vielleicht nicht so spektakulär wie Sophia. Aber zumindest überhaupt weg, einfach nur weg?

»Wir müssen hier weg, Lucy«, hatte er zu ihr gesagt, als er achtzehn wurde. Sommer. Ferienzeit. Beide arbeiteten im Restaurant. Hochsaison. Viele Touristen kamen, alle Tische im *Hubertus* waren jeden Tag voll ausgebucht. Im nächsten Frühjahr würde Hubertus das Gymnasium abschließen, Lucy wäre mit ihrer Lehre fertig.

»Also ehrlich, übertreib mal nicht«, hatte Lucy gesagt, »ist doch gar nicht so schlecht hier, oder? Mach du mal deine Matura. Im Frühling nächstes Jahr machen wirs dann.«

Eigene kleine Wohnung in Wien, Wohnzimmer, Schlafzimmer, schöne Küche, abends gemütlich fernsehen. Hubertus würde irgendwas studieren, nebenbei jobben. Sie würde arbeiten gehen. Vielleicht sogar irgendwann ein eigenes kleines Restaurant? Sie hatte sich alles zurechtgelegt, die gemeinsame Zukunft mit Hubertus.

»Ich finds nicht okay, dass du deinem Vater Geld klaust«, hatte sie zu ihm gesagt. »Also, okay schon, weil er ist ein Arschgesicht. Aber grundsätzlich find ich Stehlen nicht okay. Ja, er hält dich knapp. Aber trotzdem. Ich verdien was, du weißt, dass ich viel Trinkgeld krieg. Davon kann ich dir geben, oder?«

Sie sagte ihm, dass er ihr alles zurückzahlen könne, wenn er einen tollen Job in Wien hätte. Hubertus nahm sich vor, Lucy das schönste Leben zu bieten, das ihm nur irgend möglich wäre.

Als er zu studieren begann, fing er an, Nachhilfestunden zu geben. Er wurde, zumindest finanziell, unabhängig, kaufte Lucy kleine Geschenke, verwöhnte sie, soweit es ihm machbar war. Er war erleichtert darüber, dem Geld-Klauen entronnen zu sein. Die Schmach, von des Vaters Geld gelebt zu haben, hatte ihn trotz der Lust belastet. Einer klammen Lust, die sich aus dem Gefühl nährte, sich rächen zu können.

Die beiden wohnten weiterhin im *Hubertus*, auch nach Hubertus' Matura, nach Lucys Lehrabschluss. Sie in der kleinen Kammer. Er unter dem Dach. Nächtens schlichen sie zueinander. Hans-Herbert wusste nichts. Zu sehr war der damit beschäftigt, seinen Hass auf die Tochter, ja, jegliches Denken an sie zu unterdrücken. Und dergestalt nahm er auch Lucy nicht mehr wahr, die gewissermaßen als Ersatz-Sophia zu den Rottens gekommen war. Aber bei dieser abnormen Maskerade nicht mitgespielt hatte. Magdalena, ahnte sie etwas? Oder schwieg sie, blickte weg, tat so, als wäre alles so, wie Hans-Herbert es wünschte? So hatte sie es schließlich immer erfolgreich gehalten.

Ja, vielleicht war Hubertus zu lebensfremd, zu sehr schockiert vom Tod seiner Schwester, zu sehr hormonverwirrt durch seine Beziehung zu Lucy. Zu sehr unselbstständig durch die despotische Bevormundung seines Vaters. Zu sehr auch eingenommen von seiner anfänglichen Orientierungs-Suche an der Universität. Dort wurde selbstständiges Lernen, Denken und Handeln gefordert, etwas, das er nicht kannte und sich erst mühselig aneignen musste.

Er war wenig zuhause, unterrichtete seine Nachhilfe-Schüler, lernte in der Bibliothek der Uni. Wenn er frühmorgens das Dorf mit dem Bus verließ, sah er die Eltern nicht. Wenn er abends nach Hause kam, nahm er sein Essen aus der Gaststube mit in sein Zimmer. Die freien Tage verbrachte Lucy oft bei ihrer Familie. Hubertus fuhr nach Wien und lernte in Manfreds kleiner Wohnung. Er mied sein Elternhaus und hatte vielleicht auch dadurch weniger den dringlichen Wunsch, wegzuziehen.

Tatsächlich erwachsen jedoch wurde er erst später, nachdem er nach Wien gezogen war. Dann erst begann er, konnte er erst beginnen, Verantwortung für sich selbst zu übernehmen. Dann erst verstand er, was es bedeutete, selbstständig zu sein.

60

»Ich schreibe ein Buch. Die Seitenzahlen hab ich schon.«
Steven Wright

Kalliope war so alt, wie Hubertus damals gewesen war. Er hatte Achtung vor ihrer geistigen Unabhängigkeit. Mit siebzehn schon hatte sie eigene Entscheidungen getroffen, war zu diesem David gezogen. Dann nach Wien, als ihr der Schneidergeselle zu lästig geworden war.

Sie brauchte niemanden. Sie war sich selbst genug. Jobbte als Kellnerin in verschiedenen In-Lokalen. Lebte in einer Wohngemeinschaft. Beschäftigte sich mit den Quanten, den Strings, dem Unbegreifbaren. Studierte ›nicht mal richtig‹, wie sie lachend zugab. Schrieb Zitate auf Zettelchen, verlor sie wieder. Letzteres unter anderem auch in einem Vortragsraum in Florenz. Schrieb an einem Roman. Oder auch nicht. Auf eine heitere, leichte, vielleicht leichtsinnige Art.

»Wird sich schon alles irgendwie ergeben«, hatte sie zu Hubertus gesagt.

Als sie sich von ihm verabschiedet hatte, nach jenem Abendessen in seiner Wohnung, hatte er sie gefragt, was sie in ihm sah, warum sie doch eigentlich viel Zeit mit ihm verbrachte. Sie hatte geantwortet, er wäre sowas wie ein väterlicher Freund, bei dem sie sofort gespürt hatte, dass sie in Sicherheit sei. Dass er ihr nicht übel wolle. Hubertus war sich nicht sicher gewesen, ob er das als Kompliment auffassen sollte. Ein väterlicher Freund? Nun gut, er war zwanzig Jahre älter als sie, allzu weit hergeholt war ihre Einstellung nicht.

»Entschuldige … habe ich dich beleidigt?«, hatte sie gelacht, »ich wollte nur sagen, dass du nicht so ein alter Lustgreis bist, der jedem Mädchen hinterher sabbert.«

Das fand Hubertus noch weniger schmeichelhaft, dennoch stimmte er in ihr Lachen ein.

»Ganz ehrlich«, meinte sie beim Abschied, schon auf dem Gang vor seiner Wohnung, nachdem sie ihn freundschaftlich auf beide Wangen geküsst und den Liftknopf gedrückt hatte, »nette Leute kenn ich hier in Wien kaum. Ich bin ja erst ein paar Monate hier. Aber die meisten sind mir echt zu oberflächlich.«

Kurz bevor sich die Aufzugstür hinter ihr schloss, winkte sie ihm noch zu und rief: »Bin ich ja auch irgendwie, oder?«

Er winkte zurück, doch die Tür war schon geschlossen.

Er hatte festgestellt, dass er von ihrer Gedankenwelt fast mehr wusste als von Lucys. Mit Lucy hatte er wie in einem Traum gelebt, in einem fünfjährigen Traum, der mit einem schockierenden Aufwachen unwiederbringlich geendet hatte. Er selbst sah sich als unmündiges Kind, wenn er daran zurückdachte, wie er als Zwanzigjähriger gewesen war. Daran gewöhnt, von Geburt an von Sophia bemuttert zu werden, dann von Lucy, der ältesten Schwester von vier Brüdern, geführt zu werden. Vom Vater so sehr unterdrückt worden zu sein, dass eigenständiges Denken nie keimen konnte.

Er hatte im Rotten-Haushalt nur gelernt, sich zur Wehr zu setzen. Gegen etwas zu sein. Aber nie, für etwas zu sein. Sich für etwas einzusetzen. Für andere. Für sich. Für sein eigenes Leben. Von einer Sekunde zur anderen war er an jenem 16. November ins Erwachsenenalter geschleudert worden. So bizarr ihm diese Vorstellung auch war, so konnte er nicht anders, als Lucy dafür auf krude Art dankbar zu sein.

61

»In der Wissenschaft geht es nicht um Experimente. Viel eher liegt ihr eine Art gewitzte Aufrichtigkeit am Herzen, die dem Bedürfnis entspringt, wirklich wissen zu wollen, was zum Teufel eigentlich los ist!«

Saul-Paul Sirag

Verbrutzelte Burger.

In Wien wohnend, begann Hubertus, in Abstimmung mit seinem Studienplan und seinen Nachhilfe-Verpflichtungen, so viele Stunden wie möglich bei einer internationalen Burger-Kette zu arbeiten. Er hatte sich für einen Aufrichtigkeits-Codex entschieden, der ihm jegliche Verwicklungen und Verwirrungen unmöglich machte. Ihm war sein Lügen und Hintergehen, wie er dies bei den Eltern gelebt hatte, plötzlich zutiefst zuwider. Er war im wahrsten Sinne des Wortes erwachsen geworden. Er war seiner Vergangenheit entwachsen.

Während der ersten beiden Arbeitstage im Imbiss-Lokal musste er sich Trainings-Videos ansehen, in denen die Arbeitsabläufe in den einzelnen Bereichen des Restaurants erklärt wurden. Dann folgten zwei Tage lang Rundgänge durch das Lokal, bei denen der Schichtleiter ihn praxisbezogen instruierte und ihn den Kollegen vorstellte.

Seine eigentliche Arbeit begann er am Schalter. Er war anonym, in Arbeitskleidung, die ihn nicht von seinen

Kollegen unterschied. Auf seinem Kopf eine Mütze. Sobald ein Gast an die Theke trat, begrüßte er ihn professionell-freundlich laut vorgeschriebenem Text, nahm dann die Bestellung auf. Die Kassen waren einfach zu bedienen, über ein Touch-Screen-System wurden die Produkte eingegeben. Zum Abschluss der Bestellung musste Hubertus fragen, ob eine Apfeltasche als Dessert gewünscht wäre, denn Verkaufsförderung gehörte zu seinen Pflichten.

Das Herrichten der Mahlzeiten begann mit dem Abzapfen der Getränke und dem Bereitlegen von Ketchup für die Pommes Frites. Die Burger kamen als letztes auf das Tablett, damit der Kunde sie in warmem Zustand erhielt. Zwischendurch war die Theke sauber zu halten und der Bestand an Ketchup, Strohhalmen und Servietten zu kontrollieren und gegebenenfalls zu ergänzen.

Die Arbeit in der Küche gefiel Hubertus nicht. Am Grill wurde im Akkord gearbeitet, Geschwindigkeit war oberstes Gebot. Mit der Zeit wurde es für Hubertus Routine, Zwiebeln, Gurken, Käse, Burger und Sauce in der vorgeschriebenen Reihenfolge in die Brötchen zu geben. Anfangs hatte er sich ein paar Mal vertan, es war niemandem aufgefallen. Die Haltezeit der fertiggestellten Burger betrug sieben Minuten, nach denen sie, sollten sie nicht verkauft werden, entsorgt werden mussten. Im Laufe der Jahre seiner Arbeit im Schnellimbiss-Restaurant bekam er fast täglich die Anweisung, die Haltezeit nicht so genau zu nehmen.

Um den Gästebereich, in dem sich die Kunden aufhielten und an Plastiktischen und -stühlen in Kojen ihr Fastfood einnahmen, kümmerte sich meist spezielles Personal. Doch immer wieder mussten Hubertus oder seine

Mitarbeiter Toiletten putzen, Tische abräumen und den Boden aufwischen.

Fast kam es ihm wie eine Form der Buße vor, sich dieser für viele andere vielleicht entwürdigenden Arbeit in einem Schnellimbiss-Lokal zu ergeben. Er mochte die Routine, den vorgegebenen Arbeitsablauf. Seine Aufnahme der Bestellungen von den Kunden, das Tippen auf dem Touch-Screen, seine Körperbewegungen, seine Handgriffe automatisierten sich und während er arbeitete, hing er seinen Gedanken nach. Hinterfragte, zerpflückte, zergliederte. Analysierte, wertete aus, rationalisierte. Wurde durch die hektische Beschäftigung im hastigen Fast-Food-Tempel ruhiger und friedlicher.

Über die rüden Scherze der Mitarbeiter lernte er zu lachen. Die Angiftungen der Schichtleiter konnten ihm nichts anhaben. Sie rieselten an ihm herab wie Schmeicheleien, verglichen mit den Beschimpfungen des Vaters im *Hubertus*.

»Wie hältst du eigentlich diesen Gestank dort aus?«, fragte Manfred.

Selbst er, nicht sonderlich geruchsbegabt, verzog jedes Mal das Gesicht, wenn Hubertus nach seiner Schicht nach Hause kam.

»Mir tuts gut. Das betäubt irgendwie. So ähnlich wie Zigarettenrauchen«, antwortete Hubertus.

Und genau das war auch der Fall.

Der für seine Fast-Food-Kollegen unerträgliche Gestank nach Pommes-Fett, verbrutzelten Burgern, Chlorgerüchen von Desinfektionsmitteln erlaubte ihm eine Entfremdung von seiner bisherigen Geruchs-Heimat, wirkte wie eine Antithese zu Vergangenem, schuf eine neue, neutrale Basis. Wie ein Interferenzmuster, bei dem Wellenberg und

Wellental einander auslöschten. Und ein Nichts hinterließen.

Mit seinen Kollegen hatte er keinen privaten Umgang. Der mit seinen Mitstudierenden von der Universität beschränkte sich zu Beginn auf ein Minimum. Seine Arbeitszeiten, sein Studium und sein konzentriertes Lernen machten es ihm kaum möglich, an ihren privaten Unternehmungen teilzunehmen. Mehr und mehr jedoch begann er, vor allem dank Manfreds Drängen, Gefallen an Barbesuchen mit seinen Studienkollegen zu finden, an sonntäglichen Wanderungen, an Kinobesuchen, Einladungen zum Kochen und Essen in den jeweils einander abwechselnden Wohnungen der Freunde. Eine feste Freundin hatte er nicht. Diesbezügliche Bedürfnisse befriedigte er oft allein. Manchmal hatte er für mehrere Monate eine fixe Beziehung, doch das Alleinsein war ihm lieber. Er mochte keine Verwicklungen. Ein paar Mal hatte er sich darauf eingelassen, mit Manfred Bordelle zu besuchen. Weil es ihm beschämend erschien, so wenig Sex zu haben. Nachher war es ihm unangenehm, das nötig gehabt zu haben. Er fragte sich, welche der drei Optionen weniger peinlich war: gar keinen Sex zu haben, sich selbst zu befriedigen oder einen bezahlten Service in Anspruch zu nehmen. Er wusste keine Antwort. Als im landläufigen Sinne am männlichsten sah er Manfreds Vorgehen. Der hatte meist für längere Zeit eine feste Freundin, die so lange bei ihm blieb, bis sie genug davon hatte, nicht die einzige zu sein.

Im Alter von dreißig Jahren, als die Fast-Food-Arbeit schon einige Zeit zurücklag, wurde ihm eine attraktive Stelle im Institut angeboten. Er nahm sofort an.

Und im Institut hatte er Susanna kennengelernt.

62

Vom Friedhof spazierte er zu seinem Elternhaus, ging durch die Straßen des Dorfes, die er seit so langer Zeit nicht mehr betreten hatte. Klein erschien ihm alles, klein und kleinlich.

Seit seinem Wegzug aus dem Dorf hatte er keinen Kontakt mehr mit den Eltern gehabt. Wenn die Mutter anrief, hatte er nicht abgehoben, wenn er einen Brief von ihr bekam, hatte er ihn ungeöffnet weggeworfen. Wenn er durch Zufall doch einen ihrer Telefonanrufe entgegen genommen hatte, hatte er wortlos aufgelegt. Wie ein Fossil lagen die Eltern in den untersten Schichten seiner Erinnerungen, versteinert, als Sedimente einer Zeit, deren kleinbürgerlichem Lebensdrama er nicht mehr angehörte.

Er kam an der Volksschule vorbei. An der Molkerei. Am Lebensmittelgeschäft, auf dem ein *Geschlossen*-Schild hing. An der neu eröffneten kleinen Filiale einer Supermarkt-Kette. An einem neuen Drogeriefachgeschäft, ebenfalls einer internationalen Kette angehörig. An dem Begräbnis-Institut, in dessen Schaufenster die Todesanzeigen der jüngst Verstorbenen hingen. An der Haltestelle, an der er mit Sophia auf den Bus gewartet hatte. Bis zu ihrer Flucht. Das hölzerne Wetterhäuschen, in dem sie sich vor Regen und Schnee geschützt hatten, war einem modernen Glasverbau gewichen. Die schlichte Bretterbank, auf der Sophia, auf den Schulbus wartend, ihre Frühstücks-Zigarette geraucht hatte, war durch eine Plastik-Hartschalen-Sitzreihe ersetzt worden.

Vor dem *Hubertus, Wild-Spezialitätenrestaurant vom Feinsten* blieb er stehen. Das zweistöckige Haus. Der kleine Vorgarten adrett und akkurat, mit elektrifiziertem Weihnachtsbäumchen. Im Erdgeschoss des Gebäudes das Restaurant, im ersten Stock die elterliche Wohnung und Sophias Zimmer. Im zweiten Stock, dem ausgebauten Dachstuhl, Hubertus' ehemalige Dachkammer. Die Außenwand mit aufgerautem Putz, vor Kurzem neu in Kaisergelb gestrichen. Dunkelbraune Fensterläden. Rot-weiß-karierte Fenstervorhänge im Inneren, seitlich zurecht gerafft, damit man in die Gaststube hinein blicken konnte. Innen auf den Fensterbrettern Trockenblumen-Gestecke. Das geschwungene Holzschild über dem Eingang, auf dem in altdeutschen Buchstaben geschrieben der Namenszug des Restaurants prangte. Die Eingangstür, eine Doppeltür, oben mit flaschengrünem, undurchsichtigem Butzenglas, unten Holz. Vor dem Glas ein Schmiedeeisen-Gitter. Neben der Tür ein kleiner Schaukasten aus Schmiedeeisen, vergittertes Glas, dahinter die Speisekarte des Tages.

Der Geruch nach Wildgulasch.

Nach Bier.

Nach Hirschbraten.

Er öffnete die Tür. Trat ein. Er sah die Mutter am Stammtisch mit einem Mann sprechen. Sie blickte nicht auf. Hinter der Schank stand ein neuer Kellner. Über der Schank hing ein neues Schild: Rauchverbot. Hubertus lächelte innerlich. Er ging durch den Raum in die Küche, dort traf er einen neuen Koch, einen neuen Küchenjungen. Nickte, grüßte. Ging wieder in den Gastraum.

»Mutter. Ich bins.«

Magdalena schien Hubertus auf den ersten Blick unverändert. Die steinerne Disziplin, die sie sich im Hause

Rotten als einzig mögliche Überlebensmethode angeeignet hatte, machte es ihr unmöglich, ihrer Überraschung nachzugeben. Und doch sah Hubertus in den Augen der Mutter etwas Neues, ein Aufflackern, ein Hoffen, eine Freude. Sie starrte ihn an, stand dann auf. Reichte ihm nicht die Hand, als sei sie nicht schlüssig, wie man einen Sohn begrüßen sollte, der eine Ewigkeit nichts von sich hatte hören lassen. Der ein Los mit sich trug. Der Unschuld in sich trug. Und Schuld.

Hubertus ging einen Schritt auf sie zu und umarmte sie, spürte, wie sie nachgab. Sie roch anders. Fremder, eigenständiger. Im Stehen erzählte sie ihm, der Vater habe einen Schlaganfall gehabt, wäre an den Rollstuhl gebunden.

»Seit er den Schlaganfall hatte, ist er so lieb«, meinte sie, »er sagt mir immer, dass er mich braucht, dass er mich lieb hat.«

»Wo ist er?«

»Oben. Geh doch rauf zu ihm, er freut sich sicher.«

Hubertus antwortete nicht. Hier in diesem Haus freute sich niemand, irgendjemanden zu sehen. Es war das freudloseste Haus, das er je betreten hatte. Dennoch ging er nach oben, in den ersten Stock. Am Treppenabsatz blieb er stehen und blickte weiter nach oben, der kleinen Treppe nach, die zu seiner Dachkammer führte. Er horchte in sich hinein, roch quasi seinen Gedanken nach … nichts. Er schüttelte den Kopf, sah dann den Gang entlang zur letzten Tür, hinter der Sophias Zimmer lag. Ob es wohl immer noch versperrt war, wie seit dem Tage ihrer Flucht? Hubertus ging mit leisen Schritten bis vor die Tür seiner Schwester, drückte die Klinke nach unten. Das Zimmer war offen. Er betrat den Raum, der ihm in seiner Kindheit wie ein Heiligtum vorgekommen war. Der alte Ohrensessel des

Vaters stand, mit einem Leintuch zugedeckt, in der Mitte des Zimmers. An den Wänden und auf dem Boden stapelten sich Kartons, ein konfuses Durcheinander herrschte hier, einem Sperrmülllager gleich erschien ihm das, was ihm einstmals Refugium gewesen war. Nichts erinnerte an Sophia, nicht der winzigkleinste Geruchspartikel war noch vorhanden. Seine Schwester hatte sich in ein Nichts aufgelöst, was ihn in gewissem Sinne beruhigte. Sie hatte nie hierher gehören wollen.

Er verließ den Raum, ging zum elterlichen Wohnzimmer, klopfte an die Tür, wie er das schon als Kind hatte tun müssen, bevor er eintrat.

»Vater! Wie geht es dir?«

Er ging die paar Schritte zu dem Mann im Rollstuhl, der ihm nie ein Vater gewesen war. Der Rollstuhl stand nun dort, wo früher der Ohrensessel des Vaters gestanden hatte. Auf dem der Vater wie ein König auf seinem Thron Audienz gehalten hatte, wenn Kinder oder Ehefrau als Bittsteller zu ihm kamen. Hubertus legte dem Vater zögernd die Hand auf die Schulter. Zog sie dann, fast angewidert, wieder zurück. Empfand er Abscheu? Erstaunt konstatierte er, dass er rein gar nichts gegen diesen kümmerlichen, alten, im Rollstuhl in sich zusammen gesunkenen, übelriechenden Mann empfand. Nicht einmal Hass.

»Wo ist die Mutter? Ich brauch sie«, sagte der Vater.

»Sie kommt gleich.«

Hubertus setzte sich dem Vater gegenüber auf das Sofa. Strich mit der Hand über den kleingeblümten Bezug. Auf dem Couchtisch stand ein Tannenzweiggesteck mit goldenen Weihnachtskugeln und Girlanden, auf einer kleinen Tischdecke mit Spitzenbesatz. Ein kleiner Keramik-

Engel mit Harfe glänzte goldlackiert neben dem Gesteck. Die Tischdecke war an einigen Stellen sorgfältig gestopft.

»Und? Wie geht es dir, Vater?«

»Die Mutter. Wo ist sie?«, fragte der Vater wieder.

»Ich hol sie«, sagte Hubertus.

Stand auf. Ging auf den Vater zu. Stand über ihn gebeugt. Der Geruch des Vaters machte ihn würgen.

»Ich komm wieder vorbei«, verabschiedete er sich.

Er wusste, dass er log. Es war ihm egal. Kürzlich hatte Hubertus durch eine Studie des amerikanischen *Smell and Taste Research Institute* erfahren, dass die Nase bei einer Lüge mehr durchblutet sei als sonst. Ein verblüffender Pinocchio-Effekt. Fast unbewusst betastete er seine Nasenflügel. Kühl wie immer. Diesen Alten zu belügen, ob in größerem Ausmaße oder geringfügig, wie jetzt, berührte ihn nicht, zählte für ihn nicht als Unwahrheit.

»Ja, mach das«, antwortete der Vater und blickte ihn – endlich – an. Und in diesem einen kurzen Moment, wo sich ihre Augen trafen, wurde alles nie Ausgesprochene, Vorgeworfene, Angeklagte gesagt. Alles Unentschuldbare gesagt. Alles nie Entschuldbare gesagt.

Der Vater verabschiedete ihn so, wie er das immer getan hatte, mit einem förmlichen »Auf Wiedersehen.«

Hubertus antwortete nicht. Drehte sich weg von diesem säuerlich vor sich hin müffelnden, ihm gänzlich fremd erscheinenden Mann. Verließ das elterliche Wohnzimmer, dem er nie etwas Wohnliches abgewinnen hatte können und das auch für die Eltern niemals das dargestellt hatte, was es eigentlich bedeutete: ›wonên‹, aus dem Althochdeutschen für ›zufrieden sein‹.

Unten, im Treppenhaus, blieb er vor Lucys ehemaliger Kammer stehen, schnupperte an der Tür, erkannte, dass nun der Küchenjunge hier wohnte. Als er die Gaststube betrat, sah er die Mutter wieder am Stammtisch sitzen. Sie unterhielt sich weiter mit dem fremden Mann, offenbar ein Lieferant. Als sie Hubertus eintreten sah, entschuldigte sie sich bei dem Fremden und ging auf den Sohn zu. Er sagte ihr, dass er das Restaurant nicht weiterführen würde, nicht übernehmen würde. Sie hatte es geahnt, sagte sie. Sie würden es verpachten, der neue Koch wollte es gemeinsam mit seiner Frau weiterführen.

»Du hast ja eine Karriere«, sagte sie mit einem Anflug von Ehrfurcht.

Seit sie einen Computer und Internet-Anschluss hatte – allein schon, um Bestellungen, Lieferungen und Buchhaltung zu koordinieren – hatte sie immer wieder seinen Namen gegoogelt. Sie kannte Hubertus' Werdegang.

Mit ihren 65 Jahren war Magdalena Rotten keine alte Frau. Sie roch nach mehr Kraft als früher, auch nach einer Würde, die Hubertus so nicht an ihr kannte. Sie führte das Restaurant nun alleine, verschwieg Hans-Herbert sämtliche Unannehmlichkeiten, hatte Eigenständigkeit gefunden. Wenn ihr Mann sie fragte, was los sei, sagte sie stets, alles sei in Ordnung. Sein Interesse am Betrieb war, da er nicht mehr selbst arbeiten konnte, kaum mehr vorhanden. In früheren Zeiten war er der gutaussehende, charismatische Herrscher des *Hubertus* gewesen, war durch den Gastraum stolziert, hatte mit den Gästen geplaudert, gescherzt, getrunken. Er war der Zampano des *Wild-Spezialitätenrestaurants vom Feinsten* gewesen, der Wildschütz, Wilderer, Jagdmeister. Seit er sein Königreich nicht mehr selbstständig betreten konnte, seit er die Honoratioren des Dorfes nicht mehr empfangen konnte, war ihm das Geschäft egal. Er hatte keine Bühne mehr, auf der er sich aufspielen konnte. Er hatte keine Rolle mehr, die er spielen konnte, außer der des kränkelnden Mannes.

Hubertus witterte im Geruch der Mutter eine Befriedigung, da nun sie diejenige war, die das Sagen hatte. Nicht nur im Betrieb, sondern auch ihrem Mann gegenüber. Wann sie ihm zur Hand ging, was sie für ihn tat, wie sie ihm half und ob sie ihm half, war ihr alleiniges Bestimmungsrecht und mit einer gewissen Schadenfreude nahm sie dieses neue Recht in Anspruch. Sie verweigerte kaum merklich, weiterhin die Dienerin ihres Mannes zu sein. Und genoss gleichzeitig die Rolle der aufopfernden Märtyrerin, die sie vor den Augen der Dorfgemeinschaft so perfekt zu spielen gelernt hatte.

Hubertus bestellte bei dem neuen Kellner einen kleinen Imbiss, einen Pfiff Bier und fragte die Mutter, ob sie sich zusammensetzen könnten. Er würde gern mit ihr über die Zukunft des Restaurants sprechen. Er hatte immer noch seinen Mantel an. Öffnete die Knöpfe. Warum er sich nicht ausziehen wolle, es sich gemütlich machen wolle, fragte die Mutter. Er zuckte die Schultern. Gemütlich machen?, fragte er sich.

Er ließ den Mantel an, vielleicht als eine Art Schutzschild oder Panzer. Als wollte er das nicht an sich heranlassen, was ihn umgab. Er sog den Geruch seines Mantels ein, der noch feucht von der Kälte seines Spazierganges war. Denselben Geruch von regennasser Kleidung … im Schulbus, nachdem er sich von Sophia verabschiedet hatte. Er sagte zu der Mutter, er werde nach ihrem Tod nicht in diesem Dorf wohnen, nicht in diesem Haus wohnen. Er werde es verkaufen. Nichts hielte ihn hier, lediglich Erinnerungen, die er schon lange überwunden hatte. Über den Tod der Eltern zu sprechen, kam ihm nur wenig pietätlos vor. Tatsächlich wünschte er seiner Mutter ein langes Leben. Eines, in dem sie – vielleicht – verwirklichen konnte, was sie sich als junges Mädchen von ihrer Zukunft erträumt hatte. Mit achtzehn Jahren. Als sie den feschen Hans-Herbert Rotten, den jungen Erben des besten Gasthauses der Umgebung, heiratete.

Die Geschäfte gingen schlecht, erzählte die Mutter. Die Leute würden sparen, die Gäste gäben nicht mehr so viel aus wie früher. Das Hinterzimmer, für Feierlichkeiten vorgesehen, stünde fast immer leer. Die drei neuen Angestellten wären teuer. Und zudem hätte sie eine Hypothek aufgenommen, um das Haus rollstuhlgerecht umbauen zu lassen. Für die nächsten Jahre, die sie noch lebten. Und eine Pflegerin bräuchte sie auch, sie selbst könne sich nicht mehr richtig um den Vater kümmern. Hinter dem leidenden Ton der Mutter entdeckte Hubertus etwas Neues. Sie könne sich nicht mehr um den Vater kümmern? Nein, sie wollte sich nicht mehr um den Vater kümmern. Sein untrügliches Gespür für olfaktorische Signale hatte die Mutter enttarnt. Unbeirrt fuhr sie indessen fort. Das alles, die Pflegerin, der Umbau … das würde sehr viel Geld kosten. Da würde wahrscheinlich nicht viel zum Erben übrig bleiben. Und außerdem, gestand sie ihm, hatte sie vor, ihr eigenes Leben zu leben, sobald eine 24-Stunden-Pflegerin engagiert sei. Sie wolle Reisen unternehmen. Die Mutter sprach, als müsse sie sich vor ihm für ihre Pläne entschuldigen. Als sei er jetzt der Herr des Hauses, dem sie weisungsgebunden sei.

Er fragte sich, warum sie nie aufbegehrt hatte. Warum sie den Kampf gegen ihren Mann nicht aufgenommen hatte. Gegen seinen Despotismus, seine Herrschsucht, seine Gewalt. Hatte sie geahnt, dass ihre Zeit der Rache kommen würde? Ihre Zeit der Vergeltung? Ihre eigene Zeit? Die Frauen des Dorfes, die Ehefrauen der Stammgäste, ihre Kameradinnen aus lange vergessenen Schulzeiten, lebten alle gemeinsam das gleiche Leben. Gelegentliche Treffen mit Freundinnen, in deren Verlauf eine sich bei der anderen ausweinte, bestätigten nur, was Magdalena schon wusste: dass alles seine Richtigkeit hatte, weil es eben so war, wie es war. In nahezu allen Familien der Dorfgemeinschaft, mutmaßte Hubertus, stand ähnliches an der ganz normalen Tagesordnung wie in seinem Elternhaus.

Nichts würde übrig bleiben. Nichts von irgendetwas, das er je für erstrebenswert erachtet hätte. Er würde sein weiteres Leben nicht mit einer Erbschaft verbessern, die er ohnehin nie gewollt hatte. Eine Verbesserung wäre das beileibe nicht gewesen. Eher eine Belastung.

Gib alles aus und leb dein Leben, wollte er der Mutter sagen, doch der Gestank einer derartigen Abgeschmacktheit ließ ihn schweigen.

63

»Die Quanten sind doch eine hoffnungslose Schweinerei!«
Max Born

Auf dem Rückweg nach Wien machte er einen Abstecher ins Nachbardorf. Suchte und fand das Geschäft des *Wildbret-Express.* Hielt an. Blieb eine Zigarettenlänge im Auto sitzen und dachte nach. Er hatte kaum je mit Lucys Vater gesprochen, nur Höflichkeitsfloskeln, wenn Fleischlieferungen ins *Hubertus* gebracht worden waren. Lucys Mutter hatte er erstmals bei der Beerdigung getroffen. Niemand, außer Manfred, hatte von der fünf Jahre andauernden Liaison der beiden gewusst.

Schließlich stieg er aus und betrat das Geschäft. Die altbekannte Ausdünstung rohen Fleisches schlug ihm entgegen, rief Bilder in ihm wach, wie er als Bub die toten Tierteile am Geruch ihres Blutes unterscheiden konnte. Hinter der Theke stand Lucys Vater, Alfons Hammermeier. Die beiden erkannten einander sofort. Hammermeier kam um die Theke herum, schloss Hubertus fest in die Arme. Lud ihn ins Büro ins Hinterzimmer ein. Hubertus fragte sich, was das herzliche Willkommen zu bedeuten hätte. Er nahm an.

Das Büro entpuppte sich als angenehmer, größerer Raum, warm beleuchtet, mit einem kleinen Schreibtisch mit Computer, einer Sofaecke und einer rustikalen Sitzgruppe, an die sich die beiden Männer setzten. Bauerntisch,

Sitzbänke, Vollholz. Kissenbezüge mit kleingeblümtem Muster. In der Mitte des Tisches ein Adventskranz, zwei Kerzen schon angebrannt, zwei noch jungfräulich. Der Adventskranz stand auf einer Tischdecke mit Spitzenbesatz. An den Wänden hingen Fotos von Lucy, ihren Brüdern. In sämtlichen Altersstufen. Bilder von Enkelkindern. Von Kinderhand in bunten Farben Selbstgemaltes aus Kindergarten und Volksschule. In einer Ecke des Raumes stand ein Korb, mit Kinderspielzeug gefüllt.

»Du hast dich gar nicht verändert, Bub, gut siehst du aus. Ein bisschen wie dein Vater.«

»Das ist nicht gerade ein Kompliment. Sie wissen vielleicht nicht, wie wir zueinander standen.«

Lucys Mutter kam herein, setzte sich zu ihnen, schwieg. Sah von Hubertus zu ihrem Mann. Dann wieder zu Hubertus. Legte ihre Hand auf seine, warm, sanft, mütterlich. Stand dann auf, um Kaffee zu machen. Als sie zurückkam, mit Kaffee, Brot, Hirschschinken, Käse und Weihnachtskeksen, begannen sie zu reden. Erzählten einander, was in den vergangenen zwanzig Jahren geschehen war.

Plötzlich verstand Hubertus, warum Lucy so war, wie sie war, unbekümmert und frech, forsch und nicht auf den Mund gefallen. Hier in diesem Büro-Wohnzimmer-Hinterzimmer, umgeben vom Geruch von toten Tierteilen aus dem angrenzenden Geschäft, Kaffee, vom Vanillearoma der Kekse und dem Duft von Tannenzweigen und Kerzen des Adventskranzes, erschnupperte Hubertus Lebenswerte, die in seinem Elternhaus nichts gegolten hatten. Herzlichkeit und Wärme, Freundlichkeit, Miteinander und Mitgefühl. Hubertus hatte das Gegenteil befürchtet, als er die rustikal-gemütliche Einrichtung gesehen hatte.

»Eine ziemliche Zeitlang hast du für uns die Hauptrolle gespielt. Hier, im Dorfkino. Ich nenn das so: Dorfkino, also Abenteuerfilme in unseren Köpfen«, erzählte Lucys Vater und klopfte sich zur Veranschaulichung auf die Stirn. »Du weißt ja, wie das ist. Alle Schweinereien, die die Menschen hier machen, sind Gesprächsstoff Nummer Eins. Heimlich. Unter der Hand. Aber jeder weiß alles und will noch mehr wissen und noch mehr und erzählt es weiter und weiter. Das ist die einzige Abwechslung, die es hier gibt.«

Anfangs hatten Lucys Eltern ihm die Schuld am Tod ihrer Tochter gegeben. Mit der Zeit hatten sie begonnen, mehr, vielleicht alles über das ganz normale Alltagsdrama des Rotten-Haushaltes zu erfahren.

»Dein Vater … wie es ihm jetzt geht, nach dem Schlag … na ja, ist das sowas wie die gerechte Strafe für das, was er euch angetan hat?«, fragte Frau Hammermeier.

»Ich seh das nicht so. Meine Mutter vielleicht. Mag sein. Sie wird selbstständig. Wahrscheinlich aus Rache.«

Sie saßen lange beisammen.

Beim Abschied sagte Alfons Hammermeier zu Hubertus, dass die seltsame Heimlichkeit auf dem Lande eine dreckige wäre. Jeder wolle alles über den anderen erfahren, zerreiße sich das Maul über dessen Schweinereien, aber dulde sie, als wären sie das Natürlichste auf der Welt.

»Vielleicht sind Dreck und Schweinereien wirklich das Natürlichste auf der Welt«, sagte Lucys Vater.

Hubertus hätte gern wieder gesagt, dass er das nicht so sehe. Gleichwohl nickte er freundlich und unbestimmt. Höflich fragte er nach den Kindern, nach den

Enkelkindern. Sie kämen zu Weihnachten alle zur großen Familienzusammenkunft.

Unvermittelt wollte Hubertus nach Hause, in seine Wohnung. Er wollte allein sein.

Während der Rückfahrt dachte er über die echte Freundschaftlichkeit nach, mit der ihn Lucys Eltern empfangen und bewirtet hatten, wie herzlich und warm ihre Umarmung beim Abschied gewesen war. Wie sehr sie sich tatsächlich gefreut hatten, ihn zu sehen. Wie sehr er sich gefreut hatte, sie zu sehen. Es war ein spontaner Einfall gewesen und es war gut gewesen, mit dem Besuch bei Lucys Eltern das letzte Elementarteilchen zu einem Schlussstrich hinzugefügt zu haben, der nun vollständig war.

Die beiden Hammermeiers, umgeben von Fotos und Bildern ihrer Kinder und Enkelkinder … die perfekte Familie? So, wie er selbst es nie erleben durfte? Gab es auch dort Dreck und Schweinereien?

Unvermittelt kam es Hubertus vor, als hätte sich der Geruch des rohen Wildbret in seine Kleider eingefressen. Er öffnete das Fahrerfenster bis ganz nach unten und ließ die kalte Außenluft so lange durch das Wageninnere brausen, bis seine Finger klamm wurden.

64

Hubertus spazierte an einem der kommenden Abende nach seiner Arbeit vom Institut nach Hause. Mitte Dezember. Eisig-kalter Wind wütete zwischen den Häusern. Früher Abend, die Straßen der Innenstadt bevölkert von vermummten Schaufenster-Bummlern und Angestellten auf ihrem Weg in ihre Wohnungen. Der Himmel stockdunkel, gräulich-schwarz das Licht der Stadt reflektierend. Die Innenstadt prunkvoll durchleuchtet von vorweihnachtlichen Dekorationen, die ihm in ihrer kitschigen Pracht an sich gefielen, ihn freilich nicht sonderlich berührten.

Die kalte Luft ätzte Hubertus' Nase und Kehle, als würde er Säure einatmen, fraß sich durch seinen dicken Wintermantel. Seine Zähne schlugen aufeinander. So betrat er eine geschmackvolle kleine Stehbar, die als In-Lokal galt. Die Wärme des Innenraums verschlug ihm für einen Moment den Atem. Er blieb am Eingang stehen, sog den Duft von Winterkälte, die er mitgebracht hatte, kombiniert mit überheiztem Gastraum ein. Parfum-, Sekt- und Weihnachtspheromone schwappten übereinander. Und Zigarettenrauch. Dies war eines der wenigen Lokale, das sich dem Rauchverbot bisher erfolgreich widersetzt hatte. Er ging an die Theke und wählte aus der Vitrine ein paar belegte Brötchen, bestellte einen Pfiff Bier. Er blickte sich um, sah an einem Stehtisch zwei Bekannte plaudern, denen er freundschaftlich zunickte und die ihn zu sich herüberwinkten. Er nahm den Teller, den ihm die

Serviererin mit seinem Pfiff reichte und ging zu den beiden Männern. Sie unterhielten sich über das absonderliche Wetter, das ihnen einen spätsommerlich warmen November beschert hatte und nun, kurz vor dem astronomischen Beginn der vierten Jahreszeit, schlagartig in hässlich-graue und schneelose, bittere Kälte umgeschlagen war. Man sprach über geplante Winterurlaube, ob Skifahren oder Karibik bevorzugt würden. Hubertus mochte weder das eine noch das andere. Er hatte vor, die freien Stunden und Tage während der Wintermonate wie immer zuhause zu verbringen, bei einem guten Glas Wein, bei der Lektüre liegen gebliebener Fachbücher und bei langen Spaziergängen durch die hoffentlich bald verträumt-verschneiten Parks von Wien. Er dachte an Susanna. Er wollte die Zeit mit ihr verbringen.

Bevor er das Lokal verließ, rief er Kalliope an. Ob sie zu ihm auf ein Glas Wein kommen wolle.

65

»Eins aber weiß ich ganz gewiss:
Bedeutsam sind die Namen!«
Theodor Storm

Meinen echten Namen«, sagte Kalliope zu Hubertus, »hab ich schon als Zweijährige, als ich gerade zu sprechen begonnen habe, boykottiert.«

»Deinen echten Namen?«, fragte er erstaunt.

»Hab ich dir gar nicht gesagt, dass ich gar nicht Kalliope heiße? Also nicht echt getauft. Mein echter Taufname ist Frida. Schrecklich, oder? Komischerweise hab ich nie auf den gehört, wenn meine Eltern oder irgendjemand anders mich so gerufen haben. Ich hab meiner Mama immer gesagt, ich heiß anders. Frida! Stell dir vor! Frida! Hört sich schrecklich an! Abkürzung von Friederike. Was für ein Name. Nein, so will doch kein Mensch heißen. Ich bin definitiv keine Frida.«

Hubertus schwieg entgeistert und hatte für einen kurzen Augenblick das Gefühl, wie wenn sich sein normalerweise bevorzugt analytisch funktionierendes Gehirn in eine teigige Masse der Nutzlosigkeit verwandelt hätte. Friederike? Die Friedensreiche. Die Friedensfürstin. Die mächtige Beschützerin.

»Na, ich bin hartnäckig gewesen. Echt stur. Und dann hat mein Papa eben durch Zufall irgendwo gelesen, dass genau zum Zeitpunkt meiner Geburt im letzten

Jahrhundert dieser Asteroid entdeckt worden ist. Also, daher mein Name. Kalliope. Nicht im Pass. Aber im ausschließlichen Gebrauch.«

66

»Voraussagen sollte man nur vorsichtig aussprechen, denn die Zukunft kann sich schnell ändern. Es braucht nur ein Meteorit ins Mittelmeer zu fallen, und Ligurien würde zu einem Unterwasserparadies, während sich Basel in den schönsten Strand der Schweiz verwandelt.«
Umberto Eco

Während seiner wissenschaftlichen Arbeit im Institut war der Zufall Hubertus' erklärter Feind. Eine Voraussage über zukünftige Ereignisse konnte sich nicht auf zufällige Resultate gründen, um ernst genommen zu werden. Wieder und wieder mussten dieselben Versuchsanordnungen durchlaufen werden, wieder und wieder mussten Ergebnisse miteinander verglichen und kalkuliert werden, um ein belegbares Resultat zu liefern. Versuche mussten wiederholt werden und wiederholbar sein, um dem Zufall den Garaus zu machen. Um die Wahrscheinlichkeit festzulegen, mit der die Zukunft vorausgesagt werden konnte.

Und doch fragte sich Hubertus gelegentlich, ob der Zufall ein Eigenleben hatte. Wenn Würfel fielen, fielen sie mit einer vorherbestimmten Regelmäßigkeit und Wahrscheinlichkeit so, dass jede Anzahl an Punkten gleich oft aufschien. Woher wusste der Würfel, dass die anderen Zahlen schon so oft gekommen waren, sodass er sie nicht nochmals aufzeigen durfte?

Woher wusste die Roulette-Kugel, wie oft sie schon in welchem Abteil gewesen war? Zählte sie etwa mit? Um zu wissen, in welches Abteil sie in Zukunft fallen musste? Musste sie es überhaupt? Oder tat sie es nur aus Mitgefühl, um den Menschen und ihrer als Behelf erfundenen Wahrscheinlichkeitsrechnung entgegen zu kommen?

Vielleicht, so sinnierte Hubertus, handelte es sich dabei um von den Dingen erlebtes Wissen, das aus der Vergangenheit an nachkommende zukünftige Ereignisse weitergegeben wurde, um den Menschen nicht zu enttäuschen. Erlebtes Wissen, das – eingepackt in Informationsquanten – in der Sphäre herumschwirrte, vielleicht gar nicht ziellos und verwirrt herumirrte, sondern mit voller Absicht an die Zeit und den Zeitfluss andockte, an Zeitquanten, um von der Vergangenheit in die Gegenwart und in die Zukunft zu reisen. Wie Viren, die an Zellen andockten und deren einziges Ziel es war, ihre Informationen weiterzugeben und sich zu multiplizieren. Sie schleusten ihre Informationen in die Zellen und programmierten sie für ihre eigenen Zwecke.

Spielten die Dinge mit dem Menschen und dessen überheblichem Glauben, als einziges Wesen auf dieser Erde einen freien Willen zu haben? Vielleicht hatten die Dinge ihren eigenen freien Willen, den sie vor der Menschheit geheim hielten. Warum auch immer.

67

Hubertus' Verwunderung, während er die Bedeutsamkeit von Kalliopes echtem Namen zu ermessen versuchte, griff in seinem Körper wie das im Zeitraffer gefilmte Wachstum austreibender Zweige um sich. Körperlich schmerzhaft widerstrebte es ihm zu glauben, was sich ihm aufdrängte. Gleichwohl konnte er nicht widerstehen, Kalliope doch noch zu sagen, dass Friederike auch der Name seiner Frau gewesen sei.

»Vergiss doch bitte mal Zufall, Kongruenz, Synchronizität … wenn du da weiter herum deutest, dann wird das unweigerlich dazu führen, dass du in mir immer nur etwas siehst, was ich nicht bin«, sagte Kalliope aufgebracht, »Seelenwanderung, Wiedergeburt, Reinkarnation … also, wir sind doch schon noch irgendwie Realisten, wir glauben doch nicht wirklich an sowas.«

Tatsächlich glaubte sie, das wusste Hubertus, dass so etwas durchaus im Rahmen des Möglichen bestand, zumindest schien die eigenartige Wendung, die die Physik seit der Einführung der Quantentheorie hin zum Philosophischen genommen hatte, derartiges durchaus denkbar zu machen.

Dennoch sagte sie, fast erbost: »Ich bin ich. Ich bin einzigartig. Ich bin Kalliope.«

Er schwieg eine Weile. Dachte daran, dass es ihm genau um diesen Punkt ging. Er sagte ihr, dass er ihr etwas klarzumachen beabsichtigt hatte. Dass er eben nicht in ihr etwas sehen wollte, das sie nicht war. Dass er, sollte er sie als Ersatz für Verlorenes betrachten, sich selbst in eine Zeit zurückversetzte, die für ihn nicht zu ersetzen war. Eine Zeit, die nicht nachholbar, nicht verbesserbar, nicht korrigierbar war. Dass er das akzeptiert hatte. Dass es nichts zu korrigieren gab. Letztendlich berührte er sie an der Hand.

»Du bist du. Und ich bin Huppsi«, sagte er in ihr ein wenig verärgert abwartendes Gesicht.

Überrascht sah sie ihn an, brach dann in prustendes Gelächter aus: »Huppsi?«

Er wehrte sich vergeblich gegen seinen ebenfalls nun in ihm aufsteigenden Lachanfall. Die beiden lachten, bis ihnen die Tränen kamen und ihre Bauchmuskeln schmerzten. Als Hubertus wieder zu Atem kam, sagte er, dass die Eltern ihn immer so genannt hätten. Bis zu dem Moment, als seine Schwester nicht mehr Sofferl genannt werden wollte.

»Huppsi! Und dann auch noch Tränenforscher«, sagte sie und es hörte sich an, als gackerte sie, so sehr wurde sie vom Lachen geschüttelt. Dann meinte sie, nüchterner: »Also. Trotzdem. Ich bin kein Ersatz für eine nie geborene Tochter. Oder gar für eine verstorbene Schwester. Und natürlich auch nicht für eine verstorbene Ehefrau.« Sie wiederholte, diesmal ernster, ruhiger, sanfter: »Ich bin ich.« Sie beugte sich zu ihm und küsste ihn auf die Wange. Freundlich, leichthin, unverbindlich.

Draußen fegten Windböen durch die Straßen, Fensterrahmen bebten. Finsterste Nacht. Leise schwebte eine Komposition von Edward Grieg aus versteckten Lautsprechern der Musikanlage durch Hubertus' Wohnzimmer. Sie saßen auf der Couch, nah beieinander. Die Kerzen auf dem kleinen Couchtisch flackerten kaum merklich durch den Luftzug, den der Sturm draußen verursachte. Einem Beobachter wäre ihre Vertrautheit trügerisch intim erschienen. Sie waren sich aber einfach nur einig. In einer durchaus reizvollen Nähe, die gleichwohl körperliche oder romantische Anziehung vollends ausschloss.

Kalliope, müde vom Rotgipfler, den Hubertus serviert hatte, ließ sich mit angezogenen Beinen auf die Couch gleiten, legte ihren Kopf auf die Armlehne, zog die Beine an und platzierte ihre Füße knapp neben Hubertus' Schoß.

»Stinken meine Füße?«, fragte sie kichernd.

»Nein.« Er schüttelte höflich den Kopf. Außerdem mochte er ihre Ausdünstungen. Sie erzählte ihm, dass sie zu Weihnachten ihre Eltern besuchen und wieder bei ihnen einziehen werde. Ihre Studienabsichten hätten sich konzentriert, sie hatte genug vom »Lotterleben in Wien«, wie sie es nannte.

»Ich hab dort einen Freund, weißt du, den hab ich für David im Stich gelassen. Otto, ich glaube, ich hab dir von ihm erzählt, oder? Den kenn ich seit meiner Kindheit. Der ist sowas von nett und er fehlt mir. In Wien hab ich in dem halben Jahr, wo ich hier bin, nur blöde Wiener in blöden In-Lokalen kennen gelernt.«

Sie schloss die Augen, leise sagte sie: »Schon krass, das Wetter. Im November, als wir uns getroffen haben, so warm. Und jetzt so arschkalt. Also, draußen ist es mir zu eklig. Ich ruh mich mal aus. Nachher nehm ich mir ein Taxi, okay?«

Er hätte ihr gern über ihre Füße gestrichen, sah ihr dann aber einfach nur zu, wie sie einnickte. Ihr sachtes Schnaufen im Schlaf, der Geruch ihres Atems, der durch ihren leicht geöffneten Mund zu ihm strömte, vermischt mit ihrem Parfum und dem leisen Mief ihrer etwas feuchten Socken –

ihre Winterstiefel waren wohl nicht atmungsaktiv – machten ihn seltsam glücklich. Während er so saß und sich ebenfalls in einem undeutlichen Zwischenstadium des Wachens und Schlafens befand, breitete sich in ihm ein befreiendes Gefühl aus, dass alles richtig war. Mit einer plötzlich in ihm aufsteigenden Heiterkeit kam ihm die Erkenntnis, dass etwas geschehen war. Dass eine Geschichte nicht wiederholt werden konnte, die man nicht wiederholen wollte. Dass man nicht an etwas anknüpfen konnte, das schon lange vorbei war. Dass man nichts nachholen konnte, dessen Verlust in einer lange zurückliegenden Vergangenheit keine Bedeutung mehr in der Gegenwart hatte.

Kalliope schlug die Augen auf, murmelte: »Wie rieche ich denn nun eigentlich wirklich, du Geruchsfanatiker?«

Er sagte ihr nichts von ihren Socken und dass sie seiner Meinung nach ein bisschen zu viel Parfum verwendete.

»Nach Leben«, antwortete er stattdessen, dachte an Susanna und an sein morgiges Treffen mit ihr, »nach Leben.«

68

Hubertus und Susanna waren in der Staatsoper gewesen, anschließend über die Kärntnerstraße und den Graben spaziert. Ein Glas Sekt in einer Bar. Gebratene Maroni in der Fußgängerzone, die beiden hatten sich an den heißen Nüssen die Münder verbrannt. Ein Becher Glühwein, duftend und dampfend in der Kälte der Nacht, die Finger wärmend. Espresso in einem übervollen Café.

Weihnachtslieder-Berieselung.

Symbolische Schwerelosigkeit.

Girlanden und Tannenaufputz allüberall.

Um dem Übermaß an vorweihnachtlichem Kitsch zu entfliehen, der fast schon so etwas wie modulierte Verzweiflung in ihnen hervorrief, waren sie in Susannas Wohnung gegangen, die nur unweit der Oper lag. Dort hatte Hubertus sich vom ersten Augenblick an, als sie ihn zu sich eingeladen hatte – vor vielen Jahren schon, als sie einander erstmals näher gekommen waren –, wohl gefühlt. Die Einrichtung ihres schicken, kleinen Appartements als exklusiv zu bezeichnen, ginge zu weit. Massenware globaler Einrichtungshäuser fehlte genauso wie gewollt moderne Dekorationen oder Accessoires. Wäre die Wohnung größer gewesen, hätte man sie als puristisches Loft bezeichnen können. Die Räume, ein großzügiges Wohnzimmer mit offener Küche, das in einen Arbeitsbereich mit Susannas Bibliothek überging, und ihr intimes Schlafzimmer strahlten Schlichtheit, Modernität und Individualismus aus, unbeabsichtigt, fast zufällig. Hubertus schnupperte erneut das Bukett der klaren Linie, die genauso wie Susannas Lebensstil das verkörperte, das ihn so zu ihr hinzog: Klarheit, Sachlichkeit, keine Spielereien. Gleichwohl mit der Duftnote des Humors, fast schon der Lebensironie, die beide aneinander schätzten.

Susanna hatte Tee zubereitet, sie saßen – man könnte es beinahe aneinander gekuschelt nennen – auf dem cremefarbenen Ledersofa, die Füße auf dem Couchtisch, die Teetassen auf dem Schoß mit ihren Händen haltend. Er hatte von seinem Gespräch mit Kalliope erzählt und davon, dass dies sein letztes Treffen mit dem Mädchen gewesen wäre, denn sie werde wieder nach Linz ziehen. Während er langsam sprach, verflüchtigte sich seine Zwiespältigkeit mehr und mehr, durchsichtig und greifbar, licht und geordnet begriff er, dass damit eine Episode zu Ende gegangen war. Eine Episode, die weit mehr als nur ein paar Wochen umfasst hatte. Es ging nicht um die Zeitspanne, die er mit einem Mädchen verbracht hatte, das durchaus attraktiv war, in das er sich indes nicht verschaut hatte. Sondern um zwanzig Jahre. Vielleicht sogar um vierzig Jahre.

Er stand auf, ging ins Vorzimmer, nahm aus seiner Manteltasche sein Geruchs-Notizbuch, setzte sich wieder neben Susanna und fing an, den ihn umgebenden Duft zu protokollieren, die Textur, die Architektur, das Konstrukt, die Gliederung all dessen, was ihn jetzt auf einmal hier, in Susannas Wohnung, neben ihr, mit ihr, umfloss und umströmte, durchströmte. Sie sah ihm zu, nippte an ihrem Tee, sprach nicht, ließ ihn tun, was er tat.

Seit zwanzig Jahren hatte er dem misstraut, was essenzieller Teil seines Selbst war. Unversehens sah er ein, dass das, was er als außergewöhnliche Gabe geschenkt bekommen hatte – die Absolutheit seines Geruchssinns –, nicht vertrocknet war, sondern nach wie vor die Lösung darstellte.

»Der Geruch der Gefahr ... damals, ich hatte das nicht richtig gedeutet«, sagte er, verhalten tastete er sich durch seine allmählich in ihm aufkeimenden Gedanken, sprach langsam, forschte in seinen Erinnerungen.

»Ich hätte diesen Unfall vermeiden können, aber ich habe es nicht getan. Weißt du, ich hab die Gefahr einfach nicht als das gesehen, was sie war.«

Er hielt inne, fuhr dann nachdenklich fort: »Ich kannte ja physische Gefahr, physische Gewalt. Vom Vater. Die war mir quasi angeboren und sowas von vertraut, tagtäglich. Ich habe mit dem Geruch der Angst immer gelebt. Aber die neutrale Gefahr und Gewalt, also von Naturkatastrophen oder eben Autounfällen, die kannte ich nicht. Das war irgendwie vermischt und undeutlich für mich. Und darum habe ich nicht eingreifen können.«

Wieder zögerte er, meinte nach ein paar Augenblicken des Reflektierens: »Das war es. Genau das. Das war mir bis jetzt nicht klar. Dass das der Grund war. Dass ich eben doch richtig gerochen habe, aber einfach nicht wusste, was ich mit diesem Geruch anfangen soll.«

Wie riecht wohl ein Puzzlestück, das man zwanzig Jahre lang vergebens gesucht hat, und dann findet man es – verschlafen, verstaubt, aber noch nicht vermodert – im hintersten Winkel der Erinnerungs-Rumpelkammer, fragte sich Hubertus. Erstaunlicherweise nach gar nichts. Denn seine klar und schlicht gewonnene Erkenntnis, dieses vertrackt verzahnte, unauffindbar geglaubte Teilchen fügte sich nun endlich wie angegossen zwischen seine Vergangenheit und seine Gegenwart ... verband das damals

Erlebte und das jetzt Gelebte zu einer lückenlosen, makellosen Ebene der wertfreien Geruchlosigkeit.

»Lass mich hören, was du so alles aufgeschrieben hast«, bat Susanna ihn schließlich, als hielte sie es für schamlos, auf seine simple – gleichermaßen wesentliche – Einsicht näher einzugehen.

Hubertus war dankbar, dass sie seine Schilderung einfach nur akzeptiert hatte. Er hielt eine weitere Erörterung für unnötig. So öffnete er sein innerhalb dieser paar Wochen schon recht vollgeschriebenes Büchlein und las ihr gutgelaunt vor. Las von molekularen Pheromon-Strukturen, Anlagen, Gerüsten und Gefügen, von Modellen und Skizzen, Schichtungen, Pfeilern und Stützen, die der olfaktorische Reichtum mit all seinen vibrierenden Nuancen dem bot, der dieses überwältigende Mysterium entziffern konnte. Sie nickte beifällig, beugte sich vor, stellte ihre Tasse auf den Couchtisch und küsste ihn dann. Es war dies kein ausnehmend leidenschaftlicher Kuss, vielmehr ein Lippenbekenntnis in wortwörtlicher Form, einer liebevollen Satire gleich … eine kleine, feine Zustimmung als unzweifelhaftes Manifest der Einstimmigkeit.

»Was hältst du von New York?«, fragte Susanna.

»Kommt drauf an, was du meinst. Kurzurlaub über Weihnachten? Galerien? Broadway?«

»Die Rockefeller University. Sie führen eine siebenjährige Studie durch. Ich habe mich beworben. Und ich bin genommen worden.«

»Oh, deswegen warst du dort!? Worum geht es?«

Beschämt kam ihm zu Bewusstsein, dass Susanna ihm damals, kurz nach seiner Rückkehr aus Florenz, von ihrem zweitägigen Aufenthalt in New York erzählen wollte. Er hatte es schlichtweg vergessen, sie darauf anzusprechen.

Hinweise, Hinweise, Hinweise. Und er war ihnen nicht nachgegangen. Er nahm sich vor, seinem ganz normalen Alltag mehr Aufmerksamkeit zu schenken. Und Susanna die Aufmerksamkeit zu schenken, die sie in seinen Augen verdiente.

»Ich möchte dir die Aufmerksamkeit schenken, die du verdienst«, sagte er ihr. Sie lächelte. Erzählte dann von dem Projekt in New York. Sie berichtete vom Aufbau des weltgrößten Geruchsarchivs. Abgase verschiedener Automobile. U-Bahn-Stationen. Markthallen. Frühlingsbrise. Frisch gebügelte Hemden. Nasser Hund. Sämtliche Gerüche, die man sich nur vorstellen könne. Aber es ging um mehr. Gleichzeitig würden auch Studien über die menschliche Geruchsinterpretation und die damit verbundenen Emotionen gemacht werden, denn nach wie vor gäbe es keine wissenschaftliche Basis, warum verschiedene Gerüche für manche Menschen angenehm, für andere unangenehm seien. Großangelegte interdisziplinäre Untersuchungen mit tausenden von Probanden seien geplant, um eine Klärung zur Frage zu finden, inwieweit Vererbung oder Erziehung für die Geruchsperzeption verantwortlich seien.

»Wann wirst du fahren?«, fragte Hubertus.

»Im März. In drei Monaten. Aber …«

»Ja?«

»Sie brauchen nicht nur mich.«

Sie sah ihn forschend an. Er witterte, dass sie für den Bruchteil einer Sekunde fürchtete, zu weit gegangen zu sein.

Als er nochmals »Ja?«, sagte, meinte sie: »Dein Kommentar zur Achselschweiß-Studie … deine Kritik hat sie ungemein beeindruckt.«

Hubertus hatte in seinem Artikel harsche Kritik an der Studie geübt, wonach er die menschliche Pheromonforschung als auf einem Irrweg betrachtete. Solche Forschungsergebnisse sah er als schlichtweg nutzlos. Eindeutige Beweise fehlten, dass die Signalstoffe, die eingesetzt wurden, überhaupt Pheromone waren. Tatsächlich war diese Studie von einer Firma finanziert worden, die die Resultate als Basis für eine Produkteinführung brauchte und die gelieferten Ergebnisse waren Hubertus' Meinung nach nicht unzweideutig. Hubertus forderte von den Fachkollegen, Substanzen mit denselben stringenten Vorgehensweisen zu analysieren, wie dies in der Forschung pflanzlicher und tierischer Pheromone der Fall sei, damit Signalstoffe mit eindeutig belegbaren Reaktionen isoliert werden könnten. Die Erforschung humaner Pheromone müsse vollständig von vorne beginnen, dies stelle eine Herausforderung dar, der sich seriöse Wissenschaftler heute zu stellen hätten.

Während sie über ihre geplante siebenjährige Tätigkeit in den USA erzählte, während er an die eigentümlichen Auswirkungen seines fast groben kritischen Beitrages in jenem Fachmagazin dachte, tauchten in Hubertus' Gedanken Wunschbilder eines großangelegten Forschungsprojekts auf, bei dem seine Gabe und sein Talent endlich einen Sinn ergäben. Wie in einem Tagtraum sah er sich in den Räumen der New Yorker Universität und in den Laboratorien. Und in den weltberühmten Galerien der Metropole. Bei langen und ausgedehnten Spaziergängen durch den Central Park. Am Broadway. Im Theater. Gemeinsam mit Susanna.

Gewissheit, Klarheit und Verbundenheit übermannten ihn, ließen ihn die Intensität einer religiösen Offenbarung erahnen: Susanna verkörperte die Quintessenz eines reinen Geruchs, so wie ein virtuos gespielter, unendlich lang anhaltender einziger Ton auf einer Stradivari. Und mit derselben Stärke wuchs in ihm eine Idee, die ihn in ihrer Anmaßung gleichsam scheu zurückschrecken ließ. Aber es bestand für ihn kein Zweifel: Er wollte den Geheimcode knacken. Er wollte in dem kunterbunten, wüsten Durcheinander des olfaktorischen Chaos den magischen Zusammenhang enthüllen. Dies plötzlich wie von selbst in ihm keimende, nicht gerade bescheidene Ansinnen nahm Hubertus mit belustigter Verwunderung zur Kenntnis. Wäre er ein anderer als der, der er war, so hätte man gemutmaßt, er nähme sich vor, die Weltformel zu entdecken.

Vage geisterten David Bohms Worte durch Hubertus' Denken: »Es kann bedeuten, dass alles im Universum in einer Art totalem Rapport miteinander steht, so dass alles Geschehen zu allem anderen in Beziehung steht; es kann auch bedeuten, dass es Informationsformen gibt, die schneller als das Licht reisen können; oder es kann bedeuten, dass unsere Vorstellungen von Raum und Zeit in einer Weise geändert werden müssen, die wir noch nicht begreifen.«

»Ja«, sagte er zu Susanna, mit der Aufrichtigkeit, die ihm zu eigen war.

Die Autorin möchte sich herzlich bei folgenden Personen bedanken:

- Prof. Dr. Dr. Dr. habil. Hanns Hatt für seine freundliche Unterstützung im Fachbereich Geruchsforschung
- Dr. phil. habil. Eberhard Straub für sein schönes Ouvertüre-Zitat
- Prim. Dr. Gabriele Wiesinger-Eidenberger für ihre wunderbare Unterstützung im Fachbereich Frühgeburten

Valerie Springer

1958 in München geboren, maturierte in Basel und zog dann nach Wien, wo sie für Werbeagenturen und im Kulturjournalismus arbeitete. Nach einem mehrjährigen Aufenthalt in Jamaika begann sie ihre schriftstellerische Tätigkeit. Von ihr erschienen neben Essays, Kurzgeschichten und einem Sachbuch bisher fünf Romane und zwei Hörbücher sowie ein Kindergedicht-Band. Sie verbringt einige Monate pro Jahr im Ausland, ist verheiratet und hat zwei erwachsene Kinder.

Printed by Amazon Italia Logistica S.r.l.
Torrazza Piemonte (TO), Italy

35851112R00127